CB138059

DESOBEDIÊNCIAS MIÚDAS

PRIMAVERA
EDITORIAL

DESOBEDIÊNCIAS

MIÚDAS

ANTOLOGIA DA PRIMAVERA EDITORIAL EM PARCERIA COM O COLETIVO ESCREVIVENTES

Nota da Editora

Em 2020, em meio a um cenário em que todos estavam enclausurados em casa, resolvemos unir mulheres em uma antologia de contos, poemas e crônicas.

Estipulado o tema "Memórias afetivas", recebemos textos de mulheres diversas, algumas com livros já publicados e outras que sequer haviam postado seus textos em redes sociais. Escutamos relatos de selecionadas que nunca antes pensaram em escrever qualquer linha, mas que aquele edital, naquele momento tão incerto, fora puro incentivo. E foi assim que surgiu o livro *Ser, nascer e desnascer (enquanto mulheres)*, um projeto tão bonito que não poderia se findar ali.

Ja tínhamos a intenção de fazer uma segunda edição quando uma das selecionadas da primeira, a Carla Guerson, nos procurou. A Carla é idealizadora e uma das coordenadoras do Coletivo Escreviventes, que hoje reúne cerca de quatrocentas mulheres escritoras de todo o país. É autora dos livros *O som do tapa* (contos) e *Fogo de Palha* (poesia) e uma grande entusiasta da divulgação da literatura feita por mulheres no Brasil.

Decidimos unir nosso conhecimento em publicação com toda a potência e pluralidade desse coletivo criado pela Carla. Acrescentamos a isso um time de juradas incrível – Ana Lis Soares, Carla Guerson, Larissa Caldin, Jeovanna Vieira e Tayná Saez – para selecionar, entre as mais de 140 participações, os textos que compõem esta obra. De quebra, Carla e Jeovanna prepararam um texto de própria autoria que você confere logo no início do livro.

O resultado de toda essa união de forças e sabedorias é este livro que você tem em mãos.

Uma boa leitura!

Prefácio

Um brinde em taça quebrada à nossa desobediência

Como reunir experiências tão múltiplas dentro de um único livro? Que editor está apto a um feito tão grande quanto a criação de um fio condutor que una da subversão à submissão; do desatinar ao escolher ficar?

É esse o desafio que encontramos na segunda antologia da Primavera Editorial. E frente a uma estrutura que nos era esperada, optamos por desobedecer. Sem segmentações, sem respiros, sem caixas de temas e subtópicos. Não. Direto. Uma a uma. Muitas.

E o que resta quando nos falta o amparo, a definição e a solidez? Nos resta muito – e os textos que aqui você lerá nos mostram isso!

Peçamos licença às convenções: ao maiúsculo após o ponto final, ao uso de ponto e vírgula e a contenção das reticências; ao não sofrer, ao não enlouquecer, ao não atormentar. Rasguemos o espaço expondo nossa carne – que já foi rasgada – e palpita por simplesmente, em uma manhã de domingo, dia "que até Deus descansou", atirar um vaso branco na cara daquilo ou daquele que nos estrangula – por vezes, literalmente.

Exposto a carne, buscamos a compreensão que a construção de cada uma das narrativas é um pouquinho da outra. E talvez este seja o grande fio não deste livro, mas da nossa vida: compreendermos que somos muitas, retalhos de cada experiência vivida por nós e pelas nossas, e que, mesmo à deriva, não estamos perdidas. Continuemos "subindo as ladeiras com nossos punhos cerrados" e nunca mais "caíamos nessa de sermos boazinhas".

"Querem derreter minha loucura. queimá-la de dentro da carne encefálica. será que ela queima?". Espero que, ao final da leitura deste livro, você compreenda: não queima!

– As Editoras

SUMÁRIO

Canoa

Carla Guerson

Era a rotina: acordar às cinco, passar o café. Arrumar a bolsa do menino, separar a roupa de José. Feira na segunda. Passar a roupa na manhã de terça. Lavar lençol, deixar quarando, estender na quarta. Quinta era dia de cuidar do jardim, aparar as plantas, tirar as daninhas. Sexta, passar lustra móvel no piso de taco. Sábado, faxina completa. Domingo era dia de descanso, que até Deus descansava, mas isso só depois do almoço caprichado, as louças lavadas, o menino dormido.

No dia em que não fiz, não quis, doida eu só podia estar. O homem levantou e não tinha café, o menino não sabia que roupa colocar, foram se ter comigo e eu não sabia acordar. Me balançaram, me tiraram da cama, ninguém percebia o que tinha de errado comigo, nem eu.

Eu só pensava na canoa.

Tinha começado uns dias antes, talvez meses. Eu acordava e a primeira coisa que eu via era uma canoa.

Não era um barco grande, nem lancha, era uma canoa pequena. Dessas feita só pra uma pessoa, um único buraco, apertado, do meu tamanho exato pra sentar.

A canoa estava na cozinha na hora do café. Estava também no quintal de casa quando eu ia estender as roupas. Se escondia nas esquinas do bairro, entre as barracas da feira, atrás da escola do menino. Até na igreja eu a encontrava. Onde eu ia, ela *tava* lá: a canoa que era minha.

No início, perguntei a um e outro, ninguém mais via. Logo percebi que era só pra mim que ela aparecia. Uma canoa bonita, lustrada, no meio da sala. Melhor ignorar. Impossível ignorar. Ela *tava* sempre no meu caminho. Me fazia tropeçar, me impedia de passar. Me atrapalhava, me perturbava. Só desaparecia se eu fechasse os olhos. E então, eu fechei.

Comecei a fazer as tarefas de olhos fechados. Estendia as roupas tateando, logo me acostumei. Arrumava a casa, varria, tirava a poeira. Fazia almoço sem problemas, sentia os ingredientes com as mãos, a textura, o cheiro, o peso. Ia cortando, picando, sem ver nada. Sem ver a canoa. Mas se abria os olhos, ela estava ali, me esperando. Eu fechava de novo.

Um dia, acordei e decidi que não ia mais abrir os olhos, era definitivo. Mantive a rotina, fazia tudo igual, sem ver a canoa. Só enxergava o lado de dentro de mim e lá não tinha canoa nenhuma. Do lado de dentro não tinha nada, não tinha menino, não tinha marido. Só tinha eu mesma e um tanto de cores que eu nunca tinha visto antes, tons de vermelho, amarelo e marrom que variavam de acordo com a claridade. Cada lugar da casa tinha sua cor na parte de dentro e assim eu sabia onde estava. A cozinha, mais escura, era cor de barro. O banheiro tinha cor de sangue. O jardim era rosa-bebê.

Eu viveria assim, tranquila, se não fosse o que ocorreu. Se não fosse o dia em que endoideci. O dia em que a canoa mudou pra dentro e eu não consegui fazer mais nada.

Acordei e, como de costume, não abri os olhos. Logo percebi que tinha alguma coisa errada com minhas cores internas. Tinha um objeto lá, dentro de mim, eu não conseguia ver direito no início, mas depois a reconheci. Era ela, minha canoa. Amarronzada, cor de castanha, envernizada. Tanto tempo sem a ver, mas eu ainda lembrava.

Tentei abrir o olho – se ela *tava* por dentro, não estaria por fora – mas o olho não abriu. Tanto tempo fechado, não abria mais. O menino me gritava, o marido me sacudia. Nada resolvia. Eu só via a canoa, agora pelo lado de dentro.

Me chamaram o doutor, não soube dizer. Me levaram no curandeiro, mas a reza não pegou. Chamaram o pastor, o padre e nada. Chamaram minha mãe, minha irmã, alguém havia de saber o que ocorria comigo. Ninguém sabia. "Vai passar", disseram. E não passou.

O marido se foi, o menino cresceu e eu não reconhecia mais seus barulhos. Na canoa dentro de mim, um barulho novo, de água. Me lembrava o menino na barriga, os *chutinhos* que me dava, de leve, o coraçãozinho batendo. Um rio enchendo. E a canoa me chamando.

Do lado de fora, o menino avisou que *tava* indo. Bateu a porta e o rio me ensurdecendo. A canoa já navegava sozinha e eu sabia que tinha que embarcar.

Subi a bordo da canoa, buraco único, do tamanho exato de mim. Linda canoa feita sob medida. E fui. Não sabia pra onde, só sabia que precisava ir.

Céu de abril

Jeovanna Vieira

A escola municipal diz que tem um programa para famílias iguais a minha. O que eu sei dessa agenda é que, um certo dia do ano, as mães tiram fotos com os filhos na frente de um painel bem gasto e ganham flores de papel crepom azul depois do clique. Não é bem um painel, tá mais pra um banner meio plástico, dependurado perto da entrada, por um mês inteiro. No resto do ano, deve ficar enrolado num canto do almoxarifado, desbotando o fundo azul e pegando poeira.

Quando é abril, é só apontar no portão pra deixar as crianças que o pessoal da coordenação sai rebocando a gente pro cantinho especial. Põe criança, mãe, pai, avós, o que tiver, em frente da gravura e fica lá, corrigindo a postura, pedindo pra sorrir, tirando foto, prestando essa homenagem.

Não importa o estado da criança. As flores de crepom são sempre iguais. No caule, um papel colado: *Parabéns, mãezinha, você é uma guerreira.*

Hoje, quando fui buscar Bernardo, reparei no desenho estampado no tal banner. Uma criança, de cabeça grande, de mão dada com uma mulher também cabeçuda, a qual, por sua vez, está de mão dada com a Escolinha. A feição da Escolinha é um pouco assustadora. Tem olhos onde deveriam estar as janelas, o sorriso onde deveria estar a porta e usa luvas brancas. A outra mão da escolinha segura a do mapa do Brasil, que também usa luvas e também sorri. O Mapinha fecha a ciranda segurando a mão da criança.

Ficava ligada quando o telefone recebia ligações, torcendo pra ser pedido de entrega, reclamação ou a mulher do Seu Dódi, chamando o velho pra subir pra casa. E o telefone tocava muito durante o meu expediente e muitas vezes era pra mim, mais do que eu gostaria. Seu Dódi gritava lá do caixa em direção ao meu posto, o balcão de pães e doces:

– Ana Paula, seu filho tá dando problema de novo na escola.

Tinham outras mulheres, qualquer uma poderia ser Ana Paula. Gostava de fingir que não era comigo. Desviava o olhar das outras atendentes e dos clientes que compravam pão sempre na mesma hora e já sabiam como eu me chamava. Mergulhando a cara naquele mar de pão morno, empunhando o pegador de alumínio, o assunto mais importante era saber: "Mais branquinhos ou mais moreninhos?", com toda dignidade. Depois de pesar, etiquetar e entregar o saco pardo, saía do setor já tirando o avental. No caminho para o caixa, eu voltava a ser a pessoa por quem procuravam ao telefone.

Acontecia sempre do mesmo jeito, Seu Dódi me aguardava, olhando por cima dos óculos tortos, fixados pelo meio do nariz. Antes de perguntar se eu podia sair mais cedo:

– Vai, vai, Ana Paula, amanhã você paga essas duas horas no noturno.

Não era o caso de debater.

As horas que eu devia na casa foram se acumulando. Hoje de manhã, depois de mais um telefonema, o patrão falou na frente de todo mundo. Dessa vez, eu ia precisar mesmo dobrar se quisesse ser liberada. Me deu uma missão e eu não podia cumprir. Nós dois sabíamos disso. O único jeito de eu ficar os dois turnos seria sufocar meu filho com o travesseiro esta noite.

Vi Bernardo de castigo, numa cadeira com três adultos ao redor, incluindo o segurança patrimonial. Urrou quando meu viu. Com um pouco mais de tempo e sem aqueles olhares, eu teria entendido o que ele queria me dizer, mas não naquelas condições.

– Olha, mãezinha, Bernardo baixou a bermuda até o joelho e ficou se tocando na região íntima, na frente dos colegas e da professora.

A mediadora do meu filho estava no anexo do Ensino Fundamental na hora do ocorrido, auxiliando outra criança. A pedagoga justificou:

– Eles demandam muito, você sabe, então precisei chamar o Jon…

– Você chamou um homem para tocar nele?

A essa altura, o menino, já atrás de mim, me puxava pela roupa em direção à porta.

– Não tinha outra opção, Ana Paula, precisava tirá-lo da sala.

– Compreendo, compreendo, é delicado. Mas Bernardo só precisava ser levado ao banheiro, a mediadora sabe como funciona, faz isso quando tem vontade de urinar.

Estendi a mão pro meu filho. Ele soltou meus panos e agarrou forte o meu braço. A bermuda fedia, ensopada de xixi. A coordenadora ficou em pé, escoltada pela equipe, me observando atravessar o pátio com o garoto até sumir pelo portão.

Fervi água e pus na bacia de plástico, temperei com água mais fria até chegar no ponto que ele gosta:

– Vem, Bernardo, a água tá morninha.

Ele gemeu de contentamento. Soube, naquele momento, que poderia abraçá-lo e era um bom dia também para lavar os cabelos.

Aproveitei Bernardo de molho e busquei o celular pra falar com Seu Dódi. Não tinha crédito, nem coragem pra ligar a cobrar. Então, dei somente um toque no Ivair, esperei me retornar e pedi pra dizer ao pai dele que eu precisava falar com urgência.

– Seu Dódi, me desculpa. – Emendei com outras verdades. Não poderia voltar ao balcão dos pães e doces no outro dia, nem no outro, nem no seguinte. Mesmo que o salário fosse suficiente pra pagar alguém pra olhar o Bernardo, não é fácil arrumar quem possa. Ele tem seus dias.

– Se pelo menos o menino tivesse pai – Seu Dódi lamentou.

– É. No mais, é isso, o senhor me desculpa as faltas, o mau jeito e obrigada pela oportunidade.

– Deus te abençoe, criatura. Vou pedir para Ivair dar baixa nos documentos. Você já deve saber como faz pra dar entrada no pedido do auxílio desemprego.

– Sabia mesmo.

Acordei na hora de sempre, mas não vou levar Bernardo pra escola. Foi muita raiva que meu bichinho passou ontem. Mais cedo, Ivair chamou na minha porta, não sei se a mando do pai ou por querer dele mesmo. Observei pela greta da janela ele me gritar e bater palmas. Aproveitei o silêncio de Bernardo pra fingir que não estava em casa. Ao sair, deixou duas caixas de papelão e um embrulho. Esperei um tempo, caso tivesse de espreita, mas não muito, pra não dar chance de alguém levar. Trouxe tudo pra dentro, os mantimentos vencidos, ou para vencer, que Seu Dódi mandou recolher e levar pra mim, mais a cesta básica do mês. Ao modo dele, era um homem muito caridoso.

Deixei os pacotes de biscoito, os pães, os sucos de caixa, tudo em cima da mesa pra guardar depois. Enquanto refogava o feijão, ria de mim mesma. Iria ser bem bom deixar Ivair entrar, quem sabe até virar nora do Seu Dódi. Não tinha nenhuma nuvem no céu de abril, haveria de ser um jeito bonito de tudo acabar.

"O pior é que não posso nem morrer". Terminei de preparar o almoço e deitei pra descansar da leseira ao lado de Bernardo. Ouvi seus barulhos, não demora, já vai acordar.

Cogumelo

Amanda Alfaia

Era noite e eu estava trabalhando numa *live*, meio desconcentrada. Eu tinha medo de que o celular tocasse, de que uma mensagem chegasse. O assunto da *live* era bem interessante. Era sobre o jornalismo em tempos de polarização política.

Precisava pensar em outra coisa, precisava trabalhar. Eu precisava buscar outro foco, porque, naqueles dias, eu havia começado a ficar pessimista. Poderia mesmo acontecer tudo aquilo que pensei tantas vezes: eu poderia ter que viajar com a notícia de que meu pai morreu, assim, sem nem poder me despedir dele.

E aconteceu. O celular tocou. Era minha prima. Eu já sabia que tinha acontecido. Continuei trabalhando na *live*, tentando ignorar o celular, que vibrava por causa da ligação do outro lado do país. Você morreu, pai. Você se foi. Eu já sabia.

Eu soube que isso iria acontecer quando, horas antes, por volta das seis horas daquele mesmo dia, houve um fim de tarde lindo. Da vista privilegiada do meu apartamento, de um lado eu contemplava um arco-íris multicolorido e, do outro, eu via um pôr do sol dourado e belíssimo.

Deslumbrada, tirei duas fotos e postei no Instagram. Dois minutos depois, aquele céu resplandecente, iluminado, perdeu o brilho, se tornou cinza, pálido e triste. Nenhum vestígio do esplendor anterior, como se fosse mentira.

Pensei nele naquele instante: "Meu pai tá indo". E ele se foi.

Senti e vi a brevidade da vida naquele pôr de sol e naquele arco-íris que se apagaram bem diante dos meus olhos.

Pai, pensei muito em você nos dias que antecederam este dia, enquanto você estava inconsciente no hospital. Vi manifestações de vida em tudo. Percebi uma folhinha nova, minúscula, surgindo na minha mudinha de Hera: isso é vida. Na grama do Largo dos Açorianos, vi pequeninos cogumelos branquinhos brotando: vida. Era vida surgindo em todos os lugares, e eu estava com o coração tranquilo.

Lembrei daquela música que você explicou pra mim: "Neblina turva e brilhante. Em meu cérebro, coágulos de sol. Amanita matutina. E que transparente cortina ao meu redor".

– Tu sabes o que é Amanita matutina? É um cogumelo.

Claro que eu não sabia, pai. Você adorava me perguntar coisas que você sabia que eu não sabia. Essa é a minha música preferida do Zé. Anos antes de te perder, chorei muito no show dele ao ouvir essa música, porque ela me lembra você. Ouvimos essa e tantas outras no pátio de casa, só eu e você, na virada do ano de 2020 pra 2021.

Cantamos "ano passado eu morri, mas esse ano eu não morro", pensativos, melancólicos. Rindo, você disse que a cerveja orgânica e sem álcool que eu te dei de Natal era ruim, enquanto eu lutava pra quebrar a noz pecan. Tomou tudo pra honrar o presente e, assim, já não posso sofrer no ano passado.

Fotografei os cogumelos, fotografei a folhinha e pensei em ti. Pensei em vida e morte. Vida que nasce, e pensei em ti, pai. Eu ainda acreditava que você iria conseguir sobreviver. Você ficou me devendo a visita, pai. Eu te falei que você não deveria ter cancelado aquela viagem. Eu ouvi Zé Ramalho e chorei.

Ana Ladeira

Língua sem dicionário ainda

Há quem diga,
como quem sobe
uma solene escadaria:
Ora, acima de tudo, casar
de papel passado, união sacra-
(ci)mentada bem séria, reconhecida.

De papel futuro: me indago,
cadê as letras miúdas de argila
em prol dos nossos passos,
nossa pele, igualmente válida,
a salvo de amargos ataques?

Dispenso o papel
desamarrotado, não sei quantos quilates
os anéis
sequer um pouquinho me importam
(dos de cebola, eu gosto).

Nem construir uma família me move,
solidão me apavora nada.
Rumo sem garantias
a léguas da papelada, sem alarde nem dó te
devoro, com a minha dona da fala.

E da lambida, esse músculo versátil
que dispensa o pastor e o padre,
o vestido alvo, a gravata
dá à luz à paixão entre pares de lábios
às dê erres, caretas, sabores, espasmos
é ela também o chicote do rabo.

Já disseram e dizem as pessoas vividas.

Quero a gente (e todas as gentes) bem livre.
Por escrito, em vez de contrato, estas versas
(pedaços de ondas, em vez de promessas)
dizem sim, com euforia.

Nos queremos bem, sãs e felizes
(depende só de nós duas?).

Nos queremos bem
e nos queremos vivas.

Andreza Lucena

A Menina que morava em uma caixa

Era uma vez, uma Menina que nascera a contragosto. Do pai, por não ser Pai. Da Mãe, por desejá-la sempre guardada, presente embrulhado. O nascer lhe foi custoso, talvez gostasse de estar escondida. Devia ter suas razões. Por isso mesmo, a Menina encantara-se por caixas. Várias. Era ver uma desocupada, e aboletava-se dentro. Moradora. Não lhe pertenciam e mal lhe cabiam, é verdade. Mas a Menina achava graça em viver em caixa alheia. Ocupava-as como destino, vestia-as como roupas. Usucapião. No dentro, só escuro. A Menina sabia do Mundo pelo que ouvia do fora. De si, sabia pouquíssimo, desinteressava-se.

Não se soube por que seu pequenino corpo pôs-se a esticar. Como se vida tivesse. Espantou-se a Menina e cresceu infinito. O espaço onde se enredara não mais lhe acomodava as desimportâncias. Em desespero, buscou em vão nova casa. A Menina era toda desamparo, morte iminente. Não se sabia sem a caixa. Não ousara se pensar fora dela. Temeu suas diferenças e a solidão. Mas lá estava: despejada. Desfaleceria sem as paredes de papelão a substituir-lhe o esqueleto?

Despercebida, olhou ao Alto e viu a Luz. Fez-se espanto. A Menina recebeu mansa o calor luminoso que lhe invadia. A claridez tocou-lhe todos os cantos a dar-lhe a devida importância. Ela nunca se notara luminosa. Dos contos, a Rainha. Vivia, afinal. Apreendeu com lucidez a inusitada percepção. Foi quando se viu. Viu-se e isso lhe bastou. Viu-se o suficiente para se reconhecer e respeitar. Acolher e Aceitar. Amar-se em cada rebento de luz. Riu vagaroso, o abrir de dentes a descortinar o claro da nova vida. E pôde, enfim, escolher ser feliz para sempre.

Barbara Rosa

Sasha Vânia

O fio-dental está horrível, tão velho, acho que perdeu o elástico. Não posso parar de rebolar, senão ele vai escorregar sobre minhas pernas. Ninguém aguenta mais essa cor. Já falei pro Jorge: "prateado já saiu de moda há muito tempo". Eu sou a mulher que mais traz dinheiro para essa espelunca e nem uma porra de fio-dental novo eu tenho! Olha esse tanto de *homi*. A Lurdes morre de inveja, que pro show dela não vem nem metade. Jorge tem que colocar uma plaquinha na porta: lotado. E, mesmo assim, a calcinha fio-dental dela de oncinha é mais nova que a minha. Semana que vem, vou de qualquer jeito no centro. O duro dessas bancas de calcinha barata é que depois dá uma coceira. Eu não *guento*. Jorge sempre fala que eu sou pobre com buceta de rica. Essas rendas vagabundas fazem coçar até dar no sangue. Aí tem que vir aqui pro palco com pó na virilha. Eu desço tanto essa *raba* no chão, que o suor faz escorrer o pó pelas pernas. Não tem jeito, vira uma meleca. Queria comprar uma das boas, verde florescente, que tá na moda. A moça da novela apareceu com uma calcinha dessas que até brilha no escuro. Claro que o mão de vaca do Jorge acharia um desperdício de dinheiro. "Material bom igual o seu não precisa de enfeite". Depois daria um tapa na minha bunda e faria um gesto com a mão me dispensando. Dez anos aqui, eu merecia um Victoria's Secret. Preciso abaixar perto do Seu Carlos. *Véio bão* esse. Não perde um show depois que ficou viúvo. Mas o dinheiro que ele enfia no fio não vira nada. Cinquenta reais dá pra comprar o quê? Nossa, meu pé tá saindo sangue. Será que alguém viu? Meu calvário é esse salto de traveco. Essa desgraça de esporão latejando! Não devia ter tirado o calo com a gilete, olha aí a merda que deu. Cadê o Jorge para acabar logo com isso? O grupo de universitários virgens e semivirgens olham pra mim como imã. Depois de um show, um desses bebê-da-mamãe veio falar comigo. Disse que eu tinha "movimentos autorais". Fiquei emocionada. Essa música não tem fim. Cadê o Jorge para desligar essa merda! Não sei se esses moços acreditam quando falo que tenho 35. Acho que, no fundo, todo mundo sabe que essas rugas, no cantinho do olho, é de quem tem mais de 40. Jorge fala que eu sou a dançarina-asma, que tira o ar da *homaiada*. A Lurdes quer morrer. O público fica hipnotizado, só mexe para levar a garrafa na boca. Nossa, hoje eu *tô* cansada! O pó de guaraná nem fez efeito, devia ter dado um tiro mesmo, como Jorge sugeriu, mas dançarina boa não para a dança para assoar o nariz. Depois, já vi tanta moça boa acabando com a vida por causa dessa porcaria. Aaaaahhh! Isso foi barulho de tiro!? O que tá acontecendo? Escuto de longe… Sasha… Vânia… Olho para cima. Tento levantar, mas não consigo. Lurdes *tá* chorando. O Jorge *tá* no telefone, gritando: "Vem agora!". Seu Carlos *tá* com a mão na minha testa, falando algo que eu não consigo entender, só fico vendo aquele dente de ouro reluzente. Quando olho pra baixo, sinto uma dor, o sangue escorrendo. Atiraram nela, na minha buceta.

A Família de Paula Rego

Bea Correa

– Óbvia a família não é, não se sabe quem é quem.

– Mas uma família é, com certeza, olha o título do quadro.

– Um pai, uma mãe e duas filhas? Ou um pai e três filhas?

– Aquela perto da janela, a menor, que parece rezar, pode ser filha.

– Rezando? É mesmo, parece esperar um milagre. Tipo: será que o papai vai parar em pé depois de vestido?

– Mas e aquelas duas que vestem o homem, qual é a mãe e qual é a filha? São tão jovens, bem podiam ser irmãs.

– A do laço de fita na cabeça pode ser filha. Uma criatura na adolescência. Sabe aquela época em que o corpo da gente cresce e esquece de avisar?

– Veste o pai como veste a boneca.

– Olha como segura o braço dele com força, parece que está pregando o pai numa cruz.

– A outra deve ser mesmo a esposa dele, reparou como os dois se encaram?

– Viu a posição dela? Parece que está violentando o marido.

– Amor ou ódio?

– Carinho ou tortura?

– Elas amam o cara, mas ele deve ter sacaneado muito quando tinha saúde.

– Qual "ele" que não sacaneia?

– Deve ter maltratado elas. Agora está fraco e elas se vingam.

– Mas tem uma que gosta dele, está rezando para que ele melhore.

– Pois talvez se lamente depois, repara no desenho da cômoda.

– O que é? Não consigo ver direito.

– É a fábula da raposa e da cegonha. A cegonha ajuda a tirar um osso que estava entalado na garganta da raposa e depois é devorada pela raposa.

– Melhor matar o dragão então, que nem no quadro em cima da cômoda?

– Escolha difícil, são traiçoeiros mesmo, mas como viver sem "eles"?

– São cruzes na estampa da saia dela?

– Quer tomar um café? Vi que tem Citroentaart da Patisserie Holtkamp no restaurante do museu.

O avesso da aurora

Beatriz Ras

Embaraço é a sentença que carrega
e a usa como uma espécie de camisa de força
à prova de balas
beijos
ou outras aproximações
mais perigosas.

Tem muito tempo
que apenas os próprios braços
a abraçam

e pouco a pouco já não é mais possível lembrar
o tom vermelho-escuro de seus gerânios
emaranhados no centro de seu umbigo agora seco
evaporado após tomar com calma
muita calma
golpes e golpes
de estrada

essa bebida que resultou amarga
que erodiu suas esperanças.

Ela tem medo de se abandonar
ela tem cara de jangadeira
canoa que desce o rio sem aviso
e não retorna
a menos que pra abrigar os peixes
sem correnteza fixa.

Ela tem cara de água viva
as palavras atravessam seu próprio viver
em rio.

De súbito mergulha.
Porque não tem mais jeito
o sal e a pedra
não têm mais jeito
música e crepúsculo
são animais noturnos
saindo de suas tocas
e pernas e braços
são a própria selva amazônica.

Ela sente tristeza

mas em seus sonhos a mantém entre os dentes
e respira profundo
consciente de que afinal
céus
tudo é um risco

por isso se apressa em dançar
antes que mudem as estações e os humores
antes que amanheça.

Amanheceu-a.

E em seu ventre, as primeiras luzes despontam
à mingua

como uma filha
que talvez nunca consiga
ser bailarina.

Carol Miranda

352 dias

Debruçada na janela, observa os poucos carros que passam na rua. A lojinha de quinquilharias está fechada. A padaria segue cheia, medindo a febre de cada cliente. Na calçada, do outro lado da rua, uma família passeia com o cachorro, o único sem máscara. Ela dá um trago no cigarro e se sente culpada mais uma vez. *Além de tudo, essa merda de vírus ainda me fez voltar a fumar.*

Caminha até a cozinha arrastando o chinelo gasto, não acredita na quantidade de louça que, mesmo sozinha, consegue sujar. Começa por um copo americano que usou para tomar café no dia anterior, o líquido preto ainda grudado no fundo. Abre a torneira, esfrega a esponja automaticamente, a cabeça está longe. Vai ter que contar aos filhos, quando voltarem da casa do pai, que essa semana não poderão ir à escola. De novo. Abre e fecha e abre e fecha.

Acende outro cigarro.

352 dias vivendo essa vida e só o que consegue sentir agora é raiva. Desde o dia em que desmoronou na sala de casa, na frente dos filhos, nunca mais conseguiu chorar. Nem quando foi demitida da empresa em que trabalhava há oito anos, nem quando a tia que morava no interior morreu esperando leito de UTI numa cidade vizinha, nem nas inúmeras vezes por dia em que pensa *que caralha de país é esse?*

Chega ao banheiro e tira o short jeans sem precisar desabotoar ou descer o zíper. Leu em uma reportagem que muitas pessoas viram a balança aumentar alguns números nesse período em casa, sofrendo de ansiedade, com a comida sendo um paliativo. Com ela foi diferente, comia pouco e mal, perdeu quilos que nem conseguiu contar (não tinha balança em casa, passou meses sem ir até mesmo à farmácia). Não se importava, ainda que as roupas lhe mostrassem as evidências.

Senta na privada para fazer um xixi rápido, mas acaba ficando o tempo de fumar dois cigarros, abrir o aplicativo, passar por catorze homens que ela classificou como bizarros – foram devidamente arrastados para a esquerda – e apenas dois que mereceram uma olhada melhor no perfil. Logo também foram descartados – eram do tipo que gostam de "mulher sem complicações". Antes mesmo de se limpar com o papel higiênico já todo amassado, deleta o aplicativo do celular.

Ao chegar na sala, senta com as pernas cruzadas em cima do sofá, acende outro cigarro. *Quando as crianças não estão em casa, eu fumo mais. Tudo bem, depois que tudo isso passar, eu paro de novo.* Abre a agenda do celular, passa pelas três reuniões do dia seguinte, sente preguiça. Mas relembra os quase quatro meses em que ficou desempregada no ano anterior, a vergonha de pedir dinheiro para os pais e quase ter que voltar a morar com eles. *Tudo, menos isso.*

Se pelo menos tivesse conseguido tirar uns dias de férias, como todas as pessoas que ela conhece fizeram, ela poderia ter ido pra uma dessas praias meio vazias ou alugado uma casa afastada de tudo. Se bem que ficar sozinha com os dois filhos numa casa afastada de tudo não era o sonho de férias depois de meses presa num apartamento com eles.

Quando isso tudo passar, ela vai comprar uma passagem para a Grécia. Não se importa de se endividar, viajar sozinha. Quer mergulhar naquele mar azul-clarinho, quebrar pratos, beber até cair no chão de uma daquelas casas brancas todas iguais. *Acordar sem saber onde estou, talvez ninguém me encontre mais.*

O interfone toca, ela olha pela janela. *Espera um pouco, já vou descer.* Espirra no ar um produto com aroma de lavanda – *puta cheiro de cigarro* – coloca um chiclete na boca, desce as escadas correndo. Quando chega no portão, o ex-marido está no carro com o motor ligado. Ela coloca as crianças pra dentro do prédio e enche os dois de beijos ali mesmo.

Subindo as escadas, a filha agarra sua perna. O filho conta tudo o que aconteceu na casa do pai sem uma ordem definida, uma narrativa não linear que a faz pensar que ele poderia ser um escritor contemporâneo, desses que ganha Jabuti e tudo. Volta para a conversa e ele está dizendo o quanto está ansioso para chegar na aula no dia seguinte e contar sei lá o quê, para sei lá quem. Ela para de ouvir de novo. Ainda precisa contar aos filhos que essa semana não poderão ir à escola. Abre a porta do apartamento, os dois filhos entram correndo. *Depois do jantar eu conto, sem falta.*

Cidinha Ribeiro

Entre cobras e outras peçonhas

Quando a fome apertar, ele volta. Não voltou.

O marido não amanheceu na cama do casal. Sinais denunciavam a falta: o vazio no lado esquerdo do colchão macerado pelo peso constante do corpo, a muda de roupa dependurada no espaldar da cadeira, a chama do lampião iluminando a porta aberta. A mulher o chamou pelo nome, levantou-se e alongou o varrer dos olhos para alcançar todos os cantos da casa.

Ponta de aflição misturou-se ao desatino. Quando o dia fechar, ele volta. Não voltou, nem chegou de manhãzinha para ordenhar a cabra e para roçar o mato crescido. A mulher caminhou até depois das fronteiras do barraco. Chamou de novo o nome tantas vezes falado por hábito. Depois gritou. Triste, admitiu a desgraça.

A história de um casamento se deu à narrativa. A mulher lamentou perdas e danos, o passado recente. Demorou-se nas vantagens, esticou a homilia. Cansada, empertigou-se em nome de mostrar coragem, o peso do receio tirado dos ombros. O mundo era vasto, ela desconfiava. E o mês já passado foi tempo suficiente para confirmar o prejuízo. A raiva achou um lugar dentro dela e se apossou dele. Ela quis que o marido sofresse, fosse ferido por animal peçonhento, pagasse pela dor provocada. E ela nem sabia que era má. Mas, era. O abandono machuca feito espinho cravado na carne.

Dois policiais vieram da cidade para apurar os fatos. Trouxeram armas e cães farejadores. A mata foi vasculhada; os vizinhos, ouvidos e dispensados. Nada viram de anormal no casebre, nenhum ruído além do pio do inhambu e do gemido do urutau. A investigação terminou por falta de dados e de rastros. Com o fim da esperança, a mulher se foi dali. Sem tristeza, sem raiva. Apenas vazia de juízo perfeito.

A trouxa com os teréns veio sozinha para suas mãos no instante da partida. Bagagem dependurada em galho de árvore cortado verde para resistir e depois levado ao ombro, a mulher puxou a porta sem olhar se estava fechada de fato ou meio-aberta, com espaço para entrada de bicho e andarilho.

O desgosto pela falta saiu com ela. Andariam juntos e sós. De início, ele se encorpou, ficou incômodo. Ora se enroscou nela para formarem par, ora se desgarrou para refazer o caminho de volta ao primeiro descuido. Vou seguindo com Deus e Nossa Senhora. Conforme o ditado pelo Sol e a disposição das pernas pra caminhar. A qualquer dia e hora, chego no pouso que a sorte me conceder.

– A dona vai sozinha pra onde, tão cedo?

– Sei não. Deus é meu guia. E se persignou em nome do Pai, do Filho e do Espírito Santo.

– A dona aceitando, posso lhe acompanhar.

– Aceito não, mas fico agradecida pelo oferecimento. Sou a sombra de quem fui. Não sinto mais medo. Me destemperei. Vou por aí conhecer esse mundo, ajuntar os cacos, começar de novo, aprender a viver sozinha. *Inté.*

A mulher chegou ao arruado depois de caminhar três dias. Procurou lugar para passar a noite, descansar os pés maltratados pelas pedras, pelas formigas. Dinheiro para pagamento não carregava, mas não fazia exigências. Qualquer canto de telhado lhe servia.

Acolhida, mostrou gratidão. Chegou em boa hora para ajudar no trato da terra. Aceito o oferecimento para estadia oportuna, alimentou-se, deitou-se em colchão macio, dormiu e sonhou. Manhã nasce, não nasce, sonho e realidade se deram abraço apertado – ou foi durante a noite? – tão apertado que não se separaram quando o sol incomodou aqueles olhos gastos de tanto procurar.

"Não tenho nome. Perdi meu nome na estrada, caminhando. O Sol. Me lembro do Sol esquentando minha cabeça. De onde vim? Procurei alguma coisa no meio do mato, depois veio um soldado. Ele não lutou comigo porque não quis. Vi a arma dele dependurada na cintura. E vi uma onça, um cavalo e muita cobra. A cobra enrolou no meu pescoço e não saiu nem quando o soldado quis bater nela com o cassetete. Me contou que era um colar. Deixei ficar. Ela pode querer felicidade sendo enfeite no pescoço alheio. Deve sentir falta de ter o seu".

A mulher se levantou da cama, ajeitou os cabelos despenteados pelos movimentos no colchão, prendeu-os no alto da cabeça, amarrou o lenço colorido por cima, alisou o vestido surrado de ontem e calçou os chinelos, a sola gasta. Pôs a cara para fora do quarto e depois foi lavá-la na bica. Agradeceu pelo café sem tomar ao menos um gole dele. Acocorou-se ao lado do pilão, feito matéria-prima pronta para virar paçoca. Puxou a saia para o meio das pernas, deixando os joelhos à mostra. Protegidas pelo pano, as pernas se afastaram, favorecendo o equilíbrio do corpo.

"Não tenho nome. Perdi meu nome na estrada, caminhando. O Sol. Me lembro do Sol esquentando minha cabeça...". A meninada veio espiar a novidade:

– Olha lá! – E apontavam para a mulher agachada ao lado do pilão, imóvel e calada em nome de não saber o que dizer.

– Sai, meninada. Vai embora. Deixa a coitada em paz. – Aquela que a acolheu tecia sabedorias de cuidar.

O tempo deu muitas voltas em torno da mulher. Ela se levantou, agachou-se de novo, caminhou pela casa, passeou pelo quintal e trabalhou. Depois se aventurou fora dos limites conhecidos. Encontrou a escola e a professora. Esta a convidou para entrar, aquela aceitou o convite. Uma ensinava, a outra aprendia e achava bonito saber ler e escrever. As duas se entenderam.

A lucidez da aluna deu sinais e lhe avisou: estou voltando. Primeiro ela se lembrou do próprio nome: Maria das Mercês, Cezinha. Em seguida, do nome dele: Afonso. Só falado. Escrito por ela não foi. Não o seria antes de uma explicação.

Com a vida sossegada, com a amizade da anfitriã, com o carinho da professora e dos colegas, Cezinha ganhou ânimo, alguns quilos e sua pele alisou. Pôde comprar e pagar a saia rodada e a blusa de tecido fino. Aos sapatos fechados, não se adaptou. Trocou-os por chinelos novos e olhava para os pés ao caminhar. Batom vermelho e unhas pintadas tornaram a mulher sedutora, e ela encaminhou olhares para si. E se fez ainda mais bonita. Afonso a encontrou sem procurá-la.

Amante sem paradeiro, ele passou porta adentro. Íntimo e seguro. A dona não estava, e ele não perguntou.

– Boa tarde, moça. Sou de casa, mas nunca vi tamanha boniteza na cozinha.

Mochila jogada sobre a cama, o fujão se abancou, se serviu do café fresco, fumou um cigarro e olhou de lado a flor do sertão de saia de roda e blusa delicada.

– Te conheço, moça. Não ando bom da visão, mas sei que conheço.

Cezinha não fraquejou, que fortaleza uma vez chegada, se aninha. Entrando e saindo do quarto, trouxe a prenda de valor. No pilão, a aliança virou pó e, sem olhar em volta, a mulher rumou para a escola. Escreveu aquele nome, Afonso. Depois riscou.

Noite brasileira

Cris Rosa

O tempo passou. Meu corpo mudou, sente um calorão inexplicável. O suor escorre na nuca que nem cachoeira. Outro dia, cortei o cabelo bem curtinho. Peguei a tesoura. Prendi as madeixas que estavam bem longas, abaixo da cintura. Estava muito calor. "Mulher minha não tem cabelo curto", disse meu ex.

Aquele sangue todo que jorrava todo mês, agora vem de vez em quando. Ainda bem, pois fiquei curada da anemia. Melhor ainda porque absorvente é caro. Realmente caro. É até questão de saúde pública. Até me veio a ideia de, quando parar total, doar absorventes nas escolas ou nos presídios.

Minha qualidade de vida aumentou. Antes tinha crises frequentes de enxaqueca que estavam relacionadas ao meu ciclo menstrual. Já não me bastavam as crises de TPM?

Minhas madeixas loiras estão ficando mais claras ainda. Os fios brancos são luzes naturais. Economia para o investimento no salão. Quando era jovem, eu me preocupava. Agora que estão nascendo, aceito.

Uma outra preocupação que eu tinha era de ficar louca. Sabia de mulheres que ficaram muito mal nesta fase. Muitas aguentaram caladas à violência doméstica que sofriam. Por isso, eu não me calo sobre nada. Brigo. Xingo. Faço barraco. Solto o verbo e o grito. Ou uivo.

Um dia, estava na fila do refeitório da empresa em que trabalhava e um colega aproveitou a oportunidade para puxar conversa comigo. Você é casada? Não. Mas já foi? Também não. Ele riu. Olhou-me com aquele semblante conhecido de quem faria um comentário idiota:

– Qual o seu problema? – Nenhum. E mandei ele ir para aquele lugar. Peguei minha refeição e fui almoçar bem longe dele.

Comentei com as colegas. E elas me disseram:

– Problema quem tem é ele, por fazer uma pergunta dessa. – Esses comentários que julgam e inferiorizam a mulher mexem com todas nós.

Quando saí do trabalho, ele estava na entrada. Pensei que estivesse me esperando. Ele me acompanhou. Pediu desculpa. E me convidou para tomar uns drinques. Não bebo. E fui para a parada de ônibus.

O transporte quebrou. Tive que caminhar um quarteirão a mais. A iluminação pública daquela área não existia. À minha frente, um verdadeiro breu, sem nenhum pé de gente. Acelerei os passos. Em minha mente, a imagem do Cristo dançando.

Ouvi o motor do carro e a voz daquele colega do trabalho. Ele não estava sozinho. Um grupo de homens me rodeou. Assustada, fiz uma prece em silêncio.

Um clarão me cegou.

Acordei em um ambiente desconhecido, que me lembrava um hospital. Estava deitada sobre lençóis brancos e perfumados. Vestida com uma bata da mesma cor e mesmo cheiro.

Senti o corpo todo dolorido.

Olhei para as minhas mãos cheias de rugas. E nas linhas brancas da minha cabeça, surgem histórias:

"Era uma noite bem brasileira. Família reunida na sala assistindo à novela das oito. A menina estava sentada no batente da porta. Começou a brincar de ir e voltar sorrindo. Mas algo estava errado. Um jovem dez anos mais velho escondia-se no cantinho. Calção de elástico vermelho frouxo nas coxas. Ele falava baixinho: 'Ei. Ei. Vem cá. Vem cá. Pega. Pega'. Antes que a menina fosse, apareceu uma fada madrinha. Ela soprou um milhão de borboletas. A menina sorriu e voltou correndo para o colo da mãe. Então, a fada madrinha fez aparecer um escorpião que picou o órgão sexual exposto do jovem dez anos mais velho. O veneno se espalhou por toda artéria e ele nunca mais vai falar baixinho com nenhuma menina".

Dra. Antônia

Daniela Alves

Eu não gosto desse entra e sai do meu consultório, não mesmo. Tem algo errado por aqui. Bons aqueles tempos em que minha equipe era mais unida e este hospital brilhava. As enfermeiras ficavam à minha volta para aprender comigo, os olhos atentos, a espinha ereta, o espelho. As médicas, todas muito solícitas, algumas invejosas, sei bem, mas perdoo. Os médicos, só cortejos. Hum! Os convites sorrateiros, as tentativas frustradas de todos eles. Eu me mantinha na retidão. Uma mulher da minha posição e princípios que só tinha olhos para a profissão e para curar pessoas. Agora não sei, já não encontro minhas luvas, as enfermeiras entram apressadas aqui e falam com vozes de quem cuida de menino. Não são preparadas como antes.

Outro dia, uma delas, Zilda ou Zilá, bom, essa daí, queria tirar a minha roupa. Um vexame, a própria diretora do hospital importunada deste jeito. Imaginem só os pacientes. Quase um assédio, vou mandar demitir, vou sim. Avisei a ela, que estranhamente continuou insistindo naquele assunto, deve ser louca. Talvez eu deva informar o RH do hospital sobre seu desligamento, Zilma ou Zenir.

Enfim, na minha posição não posso tolerar desaforos assim. Claro que essas coisas acontecem. Mas a minha generosidade sempre fala mais alto. Eu ia lhe contando, lembrei! Em uma ocasião, fizemos um baile de gala e eu vestia um lindo vestido turquesa com pequenas pedras pretas em torno da gola. Pela minha beleza, eu me destacava. Tanta gente importante estava aqui, o governador, o prefeito e até aquele moço da televisão, aquele que jogava peixe nas pessoas. Como eu me diverti, sim Sr. Fiz um discurso memorável, todos me aplaudiram e comentaram sobre a minha sabedoria em manter tudo funcionando tão bem. Bebemos champanhe, comemos lagosta. Foi chique, noticiaram.

Mas agora me parece que o orçamento está em baixa. Vou exigir uma audiência com o governador. Ele certamente vai concordar comigo. Não sei se lhe contei que sou íntima dele? Esse come na minha mão. Mas de uma maneira respeitosa, percebe? Posso também reservar parte da minha fortuna para investir no hospital. Isso projetaria minha imagem ainda mais, *hein*? O que você acha?

Oh, rapaz, você é médico ou enfermeiro? Por que está há tanto tempo parado aí, me observando, como se não tivesse pacientes para atender? Horário do jantar? Mas não são nem 19h, ainda tenho muito trabalho. Nesse horário, ceiam os enfermos. Falando nisso, não acho de bom tom a direção do hospital comer junto com os internos e os funcionários. Há muitos riscos de contaminação, eu sei bem. Um sifilítico ou um tuberculoso são perigosos em uma mesa coletiva daquelas. Bem pensado. Vou dar ordens para que mude esse sistema. Tenho passado tanto tempo por aqui e ainda assim fazem tudo às avessas.

Outro dia, um enfermeiro insistia que eu própria provasse algumas pílulas. Olha, não sei de onde tiraram este protocolo. O que eu tenho a ver com estes doentes? Cada um que se vire com sua própria droga. Penso que me falta o respeito que minha autoridade inspira. Você, por exemplo, sentado aí sem fazer nada. E ainda por cima, agora percebi que estou neste camisão ridículo. Não se trata assim uma dama.

Já lhe contei das grandes descobertas que eu fiz? Registrei mais de cem doenças com o meu nome. Quando eu morrer, será erguido um busto na frente deste hospital, onde eu construí minha carreira. Eu já lhe entreguei meu cartão? Dra. Antônia, desenhado em fio dourado. Ah, muito lindo. Se você quiser, lhe dou mais alguns para você mostrar para seus amigos que me conhece. Já pensou? Eles nem vão acreditar. Mas, agora, eu preciso que você me deixe só, preciso dar um telefonema importante. Por favor, por favor. Me deixe sozinha. Você é surdo? Me deixe sozinha. Saia daqui! Saia! Por favor, saia. Eu quero ficar sozinha, eu preciso. Me deixe! Eu que mando aqui. Eu sou a dona disso tudo. Saia, me deixe! Saia! Saia! Sssssss… Socorro!

Uma prece pelo desatino

Elaine Araújo Brito

– Ela é doida, essa menina, filha de Lurdinha.

– Doralice?

– Ouvi comentar lá no sacolão que foi embora, fugida!

– Fugida? Fugida de quem?

– Sei lá, nunca teve juízo aquela! Coitada da Lurdinha.

– Deve ter um motivo.

– Moça nova, com casa boa, marido bonito, trabalhador...

– Ele não batia nela?

– Batia nada! Perdeu a cabeça uma vez, falaram na igreja, o pastor pediu oração.

– Oração pra agressor?!

– *Tô* falando, só perdeu a cabeça, homem tem limite, né?

– A senhora diz cada coisa, mãe.

– A gente tem que dar razão a quem tem, Joana! A mulher usava aquelas roupinhas curtas, mostrando a popa na rua, e o marido da igreja? Eu não julgo ninguém, não.

– Esquisita essa história, a senhora ouviu direito?

– Seu Olavinho contou, é tio dela, deve saber. Diz que saiu de noite, o rapaz dormindo nem viu! Largou tudo, tudo, só levou o que era dela.

– Ele deve ter aprontado alguma.

– Casados de pouco... – Estalou a língua. – Deus me perdoe, parece até castigo.

– Castigo por quê?

– Ela pregava pra qualquer um ouvir que não queria criança. Agora veja só, que mulher não quer dar filho pro marido?

– Muitas, mãe.

– Ah, pode ir esquecendo dessas ideias modernosas que não te criei assim, Joana! Por isso, o mundo está de pernas pro ar, a família tradicional perdeu o valor, uma loucura danada!

– Doralice nem queria se casar, disso eu sei, a mãe obrigou depois que o pai as abandonou.

– Lurdinha fez certo, ué; melhor casada que por aí com um e outro.

– Quando a gente fazia o terceiro ano, ela se matava de estudar no cursinho pro Enem, queria ser veterinária.

– Se quisesse mesmo, estudava! Hoje em dia tudo é mais fácil, mas quando a pessoa nasce com certa índole...

– Ai, mãe.

– Eu que sei, minha filha. Se tivesse deixado você com as más companhias, adeus concurso público, viu?

Joana recostou-se na cadeira, juntando, com a ponta do dedo, minúsculos farelos de pão sobre a toalha da mesa. A mãe guardou as compras no armário e foi para o quintal estender as roupas, os afazeres domésticos trataram de minguar o interesse pela vida alheia. Mas a moça continuou ali, absorta pelas conjecturas: *o que teria acontecido a Doralice?* Foram vizinhas desde a infância, amigas na escola, depois se afastaram, a mãe obrigou. Joana pensou em como gostaria de ter feito diferente e lamentou a notícia do sumiço, do mesmo jeito que lamentou a fuga do pai da menina anos antes – uns pensamentos, umas interjeições, uma cara triste. E só. Era incapaz de compreender tal atitude.

Doralice era bonita e espevitada, popular no colégio, cheia de si. Joana a admirava e guardava boas recordações daqueles tempos, nem tão distantes. O casamento com Waltinho, uns dois anos atrás, pegou os ex-colegas de surpresa. "Eles namoravam sério?", todos se perguntaram. Na igreja, levantaram suspeita de gravidez, mas se escandalizaram de verdade quando correu o boato de que a noiva não pretendia ser mãe. "Pobre Waltinho", cochichavam pelos cantos, vendo-o entrar sozinho no culto e ir tocar a bateria. Depois do enlace, Doralice nunca mais pisou no templo. Outra boa fofoca.

Distraída, brincando com os farelos, Joana ponderou sobre a vida. Doralice se casou e ela foi aprovada num concurso público, ambas sem querer. Uma detestava o marido e a outra detestava o trabalho. Seriam situações comparáveis?

À Joana, faltava perspectiva de futuro, não gostava muito de nada, nem de ninguém. Tropeçava pelos dias e torcia pelo fim de semana para cobiçar a segunda-feira e recomeçar o ciclo interminável de perseguição pelo que nunca chegava. Ela frequentava a igreja desde criança; por costume, mal escutava o que se dizia lá. Talvez Deus até existisse, porém, se fosse o caso, Ele estaria mais atarefado com o resto da humanidade do que com ela.

Via os anos passarem e permanecia ali, quieta, na companhia da mãe e do pai, na mesma vidinha morna que eles aprovavam. Sem amigos, sem divertimentos, sem planos, nem namorado arranjava! Faltava-lhe paciência com os homens e, para driblar a cobrança da mãe por casamento e netos, repetia que "Esperava em Deus". Ganhava tempo. Para quê? Não sabia.

Como será que Doralice fugiu? – A pergunta a inquietou. – *E fugiu para onde, meu Deus?*

De repente, Joana foi invadida por uma enorme necessidade de obter respostas. Bem ou mal, a vizinha tinha um teto, comida na mesa, segurança, essas coisas que todo mundo luta para conseguir. Meneou a cabeça. A mãe tinha razão, só podia ser desatino agir assim, abrir mão do certo pelo duvidoso.

Joana sentiu medo. E algo mais, como um anseio, um sentimento desconhecido. Então, fechou os olhos. E num lampejo de fé de que alguém lá no alto pudesse mesmo ouvi-la, desejou, no fundo do seu coração, finalmente, desatinar também.

Emanoelli Farias

Dona Fea

O rastro de nuvens esgarçadas indicava o caminho a seguir e o astro avermelhado no céu era o ponto de chegada. Bastava ir.

Antes de sair, tomou providências e vinho tinto. Arrumou uma bolsa com provisões e algumas mudas de roupa, o chinelo iria no pé. O que mais precisasse conseguiria no caminho; afinal, não era nisso que consistia a vida? Ir caminhando e providenciando o que era necessário durante a trajetória…

As mechas brancas de cabelo sacudiam no vento da madrugada. Sentada na cadeira de balanço que ficava na varanda, desfolhava uma a uma as camadas do que até ali poderia ter sido identificado como seu coração, um peso a menos a levar na viagem.

Na tarde daquele dia, tinha cortado, lixado e polido as unhas. Em formato *stiletto*, medindo cerca de dez centímetros, as garras tinham sido preparadas para aquele momento. O vinho tinha sido tomado não a troco de anestesia e, se fez esse papel, não foi um problema, nem fez parte da solução. A bebida alcoólica era um prazer que borbulhava dentro de si junto às borboletas, mariposas e salamandras que dançavam fazendo uma festa no estômago e na alma.

Pouco a pouco, a carne foi sendo rasgada.

Nheco-nheco. Epiderme.

Mais um gole. Lambeu os lábios, riu quase satisfeita e o céu se tornava mais escuro. A dona da noite que ia se pintando de vários de tons de vermelho, cobre e alaranjado. Tudo milimetricamente planejado e ela delirando de alívio, enquanto ritmava a ação das lâminas.

Nheco-nheco. Derme.

Gargalhadas ecoando no vazio do tempo e ela se sentindo mais perto da leveza. Quanto desgaste tentando levantar barreiras de proteção... de quê? Contra quem? Que massacre tinha acontecido dentro de si a ponto de desejar se proteger de tudo, até de si mesma? Quantas mentiras seria capaz de contar para fortalecer a barricada? Quantas trincheiras de hipocrisia eram necessárias para abrigar-se?

Nheco-nheco. Tecido subcutâneo.

As unhas que cavavam rapidamente um caminho sem volta com um objetivo bem definido. Nunca mais a fragilidade da exposição, nunca mais o peso do abandono, nunca mais a tristeza do adeus. Nunca mais esperar no porto por quem não voltaria. Nunca mais espatifar-se contra as pedras se esfacelando em infinitas direções.

Nheco-nheco. Tecido muscular.

O frio da noite espalhou-se pelas vértebras como um último aviso. Caminho sem volta sendo escavado até o músculo. A garrafa esverdeada quase no fim. Então, ele. O alvo. O peso a ser deixado antes de partir. O astro no céu quase no ápice rubro. Lembranças de uma vida inteira, rastros de perdição arrancados do âmago. O cheiro da pele dele, o nariz enfiado nos pelos íntimos, a língua perscrutando a carne já úmida, quente e macia. Os gemidos, uivos perdidos no mormaço da tarde, a cama tão satisfeita se retorcendo junto e atingindo o ápice. A queda amparada nos braços fortes, tatuados com mensagens antigas. Canções de anjos sussurradas no segredo da intimidade.

Nheco-nheco.

Nacos e nacos arrancados e lançados fora do tórax. O alívio de poder suspirar sem o músculo inutilizado. O olhar límpido em direção a uma nova vida, sem ilusões e perdições. Uma vida clara.

Nheco-nheco. Suspiro.

Enlouquecida pela alegria de não precisar mais se preocupar com as distrações do músculo, aprumou as pernas, levantou-se e confirmou a direção do rastro de nuvens. Era aquele seu caminho.

A bolsa quase não pesava, talvez lá pelo décimo terceiro dia ela sentisse, mas, agora, era tempo de partir, não de lamentar pelo que ainda nem tinha ocorrido. No chão, a garrafa vazia e milhares de fragmentos de carne supérflua. Nunca mais cairia nessa de ser boazinha.

Um alívio se livrar daquilo, tudo é leve em início de viagem.

Érika Gentile

Ponto de Cruz

Ainda me assombram as grossas veias das pernas de minha avó, as pernas sem desenho, atravessadas pelo rio de sangue cozido na banha de porco, um sangue a correr pelo curso de um corpo sem descanso, o movimento diário, um latão de leite, um caldeirão de ferro, um carvão em brasa, os óculos quebrados sobre um nariz que sangra, a boca não ri, não chora, não fala, apenas escuta o rádio rezando à duração de um cozido. "Rogai por nós", um rádio a declamar em latim nossa absolvição enquanto ela movimenta seu corpo rijo e agarra com firmeza o garfo e mistura as gemas vermelhas na tigela rachada:

– *Oro, et spem remissionis meorum peccatorum.*

– Que língua é essa, vó?

– Cala a boca menina, me deixa quieta.

Eu não gosto dela, dos seus cabelos grisalhos enrolados com permanente, da feiura estampada em cada centímetro do seu corpo, nada se salva em minha avó.

Diria de outras avós, é um amor de velhinha, mas não a figura que ocupa a cozinha, minha certidão de batismo, meu pedido de benção. Observo suas sandálias franciscanas, os pés deformados por joanetes, as unhas crescidas para além das pontas dos dedos, aqueles pés, tão tortos, tão lentos, desconfigurados. Estou eternamente de castigo, sentada na terceira cadeira da mesa quadrada, a que pega alguma corrente de ar. Não posso ajudar. Minha avó nem sequer se arrisca a dizer meu nome. "Menina", ela diz. Sou uma menina, estou de tranças e uso um vestidinho xadrez azul-marinho e branco, com pequenas flores vermelhas bordadas em ponto de cruz, mas minha avó não há de notar os detalhes.

Estende na grande mesa de madeira uma toalha plástica e distribui os pratos virados para o tampo, evitando os mosquitos que se espalham entre a cozinha e a varanda. Os pratos são quase lançados em seus lugares e, com eles, minha avó deposita talheres descasados, os copos são vidros vazios de geleia de morango da Cica, um luxo que minha avó se dá, já que não temos morangos por aqui. Também não temos guardanapos. Tentei melhorar a mesa para minha avó, peguei algumas rosas e dálias e ajeitei numa jarra de beiço quebrado. Ela lamentou a sujeira com as flores e disse que eu queria parecer gente de novela. Quando meu avô e os tios chegaram, ela repetiu:

– Quer ser gente de novela...

Todos riram, menos ela. Jamais ri, nem para o retrato.

Depois do almoço vou para a escola, vou a pé, nunca levo lanche. Minha avó não faz bolos ou bolachinhas. Ela se levanta no primeiro grito do galo, ainda sem sol, e entorna o latão de leite no caldeirão, acende a brasa, liga o rádio, ferve a água com o pó e retira o caldeirão antes de ele derramar. Depois, despeja a borra de café fervido no coador de pano e põe tudo sobre a mesa: um queijo curado, uma polenta e as duas garrafas térmicas. Os tios chegam inchados de sono e bar, dia, a benção, e bebem em suas canecas, engolem a ração de fubá, saem sem dizer adeus, saem para as lidas de macho, com as botas sujas e as calças de brim grosso, sem olhar para o rastro que deixam, a imundície a ser lavada com o sabão caseiro de minha avó.

Minha mãe nunca volta para me pegar. Ela se ajoelhou no degrau do portãozinho, alisou meu vestido, brincou com minhas tranças, entregou o pacotinho com balas coloridas e disse:

– Coma devagar. Antes de o pacote acabar, voltarei.

Guardei as balas com as minhas roupas na gaveta da cômoda cedida pela minha avó. Durmo na cama de armar do quarto de costura no andar de cima, onde minha avó, sem dizer palavra, aumenta o tamanho das minhas roupas, antes tão bonitas. Uso nos pés uma destas sandálias franciscanas iguais às dela e, quando estou sozinha, procuro pelos retratos que foram sumindo da vista, como o nome dela, já não digo mãe. As últimas três balas, meladas, grudadas no papel, começam a atrair formigas, mas eu as conservo em plástico. Se eu comer as três últimas, quem sabe ela chega? Não chegou.

Minha avó me embrulha em seus próprios vestidos ajustados na máquina Singer de segunda mão, nada de ponto de cruz ou tranças. Meus cabelos são lavados com sabonete de enxofre, esticados no pente fino, amarrados com a sobra de um elástico. Meus peitos são enfaixados com juta, minhas roupas de baixo compradas no caminhão baú que encosta uma vez por trimestre. As balinhas calcificadas no fundo daquela gaveta, minha avó e sua tarja escura sobre os lábios a amaldiçoar os cadernos.

– São bobagens... A culpa foi dos cadernos...

Mais dois anos e me tira da escola, já servirei para a lida.

De noite, empurro a máquina de costura contra a porta sem chave e agora também arrasto a cômoda e durmo com uma agulha de crochê embaixo do travesseiro, um sono interrompido por qualquer susto a se arrastar pelos corredores. Pegaram uma calcinha minha enquanto eu tomava banho, estava manchada pelo sangue vazado das toalhinhas. Penduraram no alto da janela, antes que eu a pudesse lavar e me chamam, desde então, de boleta, seja lá o que isso signifique.

Escrevo meu nome repetidas vezes no caderno único, para lembrar que minha mãe o escolheu e que ela fazia tranças em meus cabelos e bordava flores vermelhas nos meus vestidos. Mas no primeiro canto do galo, sou engolida pela voragem do leite cru arrancado das tetas inflamadas de alguma vaca parida. Ainda não tenho forças para arrastar o caldeirão para fora da brasa, minha função é a vigília e avisar minha avó no tempo certo. Toda vez que erro, ela me acerta um tapa.

Também é meu trabalho, antes da escola, escolher no galinheiro os ovos que não estão sendo chocados e recolher o veneno deixado para os ratos. Minha avó grita porque eu não peguei os ratos mortos com a pá, eu não os joguei no buraco, não ateei fogo neles, mas eu já pendurei o embornal e vou para a escola, já sou capaz de não ouvir minha avó, nem os comentários das meninas no caminho, as que não me esperam.

Na sala, durante quatro horas, eu decoro fórmulas de matemática, assimilo as regras de português, não pisco para as aulas de ciências e, quando me entregam tecido, agulha e linha, bordo flores em tons pastéis e faço lindos monogramas evocando as mãos de minha mãe que bordava os lenços brancos do meu pai, flores nas minhas roupas de cambraia, a toalha de mesa, minha fronha cor-de-rosa, meus vestidinhos. As professoras me dão boas notas, mas ninguém da minha família comparece à escola, frequenta reuniões ou assina a caderneta.

Volto em tempo de alimentar os passarinhos que meu avô cria em gaiolas, em tempo de ajudar minha avó a esparramar os copos de geleia pela mesa, de subir no banquinho e ariar a louça, de fazer o demolho para o feijão e de lavar minhas roupas que devem secar durante a noite, para que as calcinhas penduradas não atormentem os tios.

Na última noite de minha memória, o desassossego no corredor foi maior. O chão estalava e a porta, com a cômoda e a máquina de costura, estava cedendo. Pensava na melhor forma de me jogar pela janela sem me machucar, para poder correr, quando ouvi o baque seco e a porta aquietou-se. Então, a voz de minha avó em sussurro:

– Clara, abre, sou eu.

Ela estava na porta, segurando a mala e um punhado de dinheiro. Me entregou um papelzinho com endereço e desceu a boca murcha ao pé do meu ouvido:

– Vai-se embora, minha filha.

Francielle Manini

Emancipação

O filho dela era um sujeitinho tão lindo quanto repetitivo. Aprendia palavras novas com certa habilidade, inclusive começou a tagarelar já com oito meses: um verdadeiro prodígio!

Os vizinhos, de início, achavam um encanto, até perceberem a dificuldade de fazê-lo ficar quieto. Repetia as frases prontas da tevê ou as que algum adulto gritava por algum motivo.

Eis que chegou o dia de ela completar seus trinta anos. Presenciando a festinha de aniversário, o filho aprendeu e repetiu os parabéns incansavelmente por dias, desde quando acordava:

– Bom dia, mamãe! Parabéns pra você! Parabéns pra você!

Ela, que esperou tanto para o filho aprender palavras novas, arrependida, já se amargurava: "Por que ensinei ele? Afinal, por que fui adotar ele?"

– Basta! Cale a boca! – ríspida lhe dizia, ao que ele, inocente, contestava:

– Parabéns pra você! Parabéns pra você!

Seguia assim até o anoitecer: antes de dormir e até quando estava dormindo, por vezes despertava escutando aqueles gritinhos impertinentes.

Tal dia, em meio ao início de um temporal, atordoada, corria juntando a roupa do varal e fechando as janelas de casa. Atingido o seu limite, escutando as ditas exclamações, sua milimétrica paciência esgotou, ao que decidiu:

– Chega!

Pegou o filho bem apertado em sua mão e jogou-o para o alto, com toda a raiva que se lhe acumulava:

– Vai! Some daqui!

O filho lhe parabeniza pela última vez. Despedindo-se, bateu as longas asas e saboreou os ventos da tempestade.

Juliana Almirante

Outro nome, mesmo fardo

Camila é a mulher que eu deveria ter sido
Camila tem dois filhos, que veste de rosa e azul
Camila tem um marido a zelar e a reputação intacta
Camila guarda o coração no peito e pede desculpa toda vez que o derrama
Camila tem 7 amores não vividos debaixo dos braços
Camila se demora ao escolher o chocolate que vai comer
Camila tem paciência para esperar o trem
Camila tem rituais com cristais quando acorda
Camila nunca bebeu numa segunda-feira
De longe, Camila não tem nada a ver comigo
De perto, nós duas igualmente pagamos preços
De sermos substituídas por pronomes femininos

Sentinela de Fragmentos

Kelly Kristiny

O barulho metálico do carrinho de mercado percorrendo a rua invadiu a sala. Notas de raiva e persistência permeiam aquele trajeto, é notável. Vê-la passar pela fresta da cortina causa a sensação de que sou fofoqueira, mas há impulsos que não consigo controlar. Inclusive esse, o descontrole total misturado à curiosidade. Sinto que é uma figura, no mínimo, interessante. Daqueles tipos que destinamos nossa atenção sem que façamos esforço. Quando nos flagramos, estamos diante da nossa promíscua e descarada obsessão e meu olhar apenas acompanha.

Os pés me parecem cansados dentro daqueles sapatos trocados, a cabeça mira o chão com determinação sem igual. Me pergunto, para onde vai? Será mesmo que ela quer chegar? Os passos demonstram obstinação, mas o olhar… Mesmo daqui consigo observar, parecem vazios, falta algo que não consigo identificar. Mas ela continua.

Tantas outras vezes eu ilustrei aquela história, percorri seus trajetos e até almejei a chegada construindo caminhos pelos quais talvez ela nunca fosse passar. Penso que observar é um ato intrigante, nos faz imaginar tanto diante do pouco.

Gosto dessa fresta, vejo boa parcela do que acontece lá fora. Posso ser o olho que tudo vê e permanecer por horas imaginando o que se passa na vida daqueles que surgem a cada cinco minutos nessa brecha de mundo.

– É medíocre gostar do fato de que você pode observar tudo sem que ninguém possa te ver.

– É?

– Sim.

– Não me importo.

O vácuo das vozes toma o lugar.

Volto a ouvir apenas o som estridente dos metais se chocando uns contra os outros ao entrar em contato com os desiguais paralelepípedos. Lentamente, ela some da minha vista; levemente, estendo meus braços para abrir só um pouco mais a cortina. O toque macio do veludo sobre a minha mão me recorda que devo permanecer oculta. Concentro minha audição para captar seu caminhar, mas consigo ir além. Um murmúrio de difícil compreensão soa baixo. Me parecem palavras soltas, sem conexão. Não consigo compreender.

Desisto. Sento-me no sofá e acendo um cigarro. Observo o vazio da casa próximo à soleira da porta com pares diversos de calçados.

– Quando foi que usamos todos esses sapatos?

– Sempre, já se esqueceu?

– Hum. Talvez. Não me recordo das botas.

Mentira. Nunca usamos esses sapatos, tenho certeza. Mais uma tragada e percebo a ponta do cigarro que se aproxima. Fumar é se alimentar do prazer de adiar o fim. Isso me faz bem, a tentativa de prolongar o inadiável. Como o sono, que me pesa as pálpebras e me faz repensar o adiamento sobre todas as coisas. Me deixo levar.

Desperto num impulso e sinto o corpo diferente, olho o relógio.

– São cinco da manhã. Está atrasada mais uma vez.

– Não me diga o óbvio. Ainda posso ver as horas.

Percebo que minha voz é só um lamento, um fiapo grotesco embargado pela idade. Percebo a falta que a juventude causa até mesmo na fala. Tenho pressa e nenhum tempo para o café. Hoje, preciso ir o mais distante possível. Vejo os sapatos e não consigo escolher, calço qualquer um.

– De novo, Luzia?

– O que você espera que eu faça?

– Que tome jeito?

– Se você me disser onde compra, talvez eu consiga tomar jeito. Mas acho impossível, dinheiro não anda sobrando por aqui.

Bater a porta, às vezes, é a melhor opção para cortar uma conversa descabida. Como pode ser tão irritante?

Olho em volta e percebo que chamei a atenção, o corredor iluminado se volta para mim com olhos duvidosos. As horas estão passando. Não tenho tempo para explicações. Preciso ir, o quanto antes, mas meus passos não acompanham a velocidade que almejo. Me sinto pesada e cansada. Não vou desistir. Preciso chegar até ele. No lugar que o deixei.

Os olhares seguem me observando cautelosamente, miro o chão. Uma forma de evitá-los, não preciso do julgamento deles agora. Tudo que preciso é chegar até lá.

Meu Deus, como esse corredor é grande!

– Você está velha, Luzia. Não percebe? Além do mais, trocou os sapatos de novo.

– Não era para você estar aqui.

– Inevitavelmente, aqui estou.

– Já que veio, me diga. Estão vindo atrás de mim?

– Você sabe que sim.

– Você deveria me ajudar!

– Não compactuo com seu plano.

– Eu só quero chegar até lá. Eu preciso ir até ele. Você não entende!

– Nem pretendo.

– Eu o deixei lá. Está me aguardando! Vai suportar muito bem o dia de hoje comigo…

Não termino a frase e sinto uma picada no pescoço. Outra vez fui alcançada. De repente, uma tristeza profunda ao perceber que ela realmente não fez nada para me ajudar. Logo ela. Um clarão é tudo que vejo ao olhar para trás. De repente, braços macios me seguram. Como um abraço da morte, calmo, confortável e tranquilo. Sinto minhas pálpebras caírem sobre minha visão. Dessa vez, não adio o fim, só lamento. O carrinho continuará lá, me esperando.

Larissa Passos Moreira

Gritos

O segundo risco apareceu, e logo depois saíram de mim os gritos e lágrimas. Fiquei abraçada no vaso sanitário e minha mãe se esforçou para me tirar do chão. Chorou também. Não pelos mesmos motivos.

– Um neto – ela contava para todo mundo. – Camila finalmente vai me dar um neto.

Ou neta, corrigiam.

Ela balançava a cabeça, irredutível.

– Vai ser menino, confia. Deus sabe que nessa casa falta um homem.

Era ouvindo essas conversas que eu gritava como naquele dia. Batia portas. Quebrava pratos. Não vai ter nada. E olhava para minha barriga esperando que desinchasse, o final de uma piada de mau gosto de alguém lá em cima. Deitava de bruços, como se fosse reverter o processo. Bebia mais água, como se fosse uma pedra no rim, pronta para sair depois de muita dor.

Mas o que estava dentro de mim continuava lá. Crescia e sugava. Roubava minha comida, minha energia, meu sono. Tirava tudo que eu tinha até eu não ser nada, só um meio para existir.

Na sua chegada, os gritos voltaram para minha garganta, querendo expulsar meu desespero junto dele. E continuei chorando com ele nos meus braços.

Nas madrugadas, os gritos de nós três se misturavam. Quem chora mais, quem grita mais? Ele, com fome, rejeitando meu mamilo. Ela, vendo que errou sobre sua fantasia de família feliz.

Mas o meu era o mais alto e cheio de soluços enquanto falava:

– Não quero, não quero, não quero.

Sabíamos o que tínhamos que fazer para ele se acalmar, e, mesmo assim, sempre esperávamos horas antes de colocá-lo no colo da minha mãe.

Na troca de mãos, a casa caía em um silêncio tão repentino, que era como se apertássemos o mudo.

Com a quietude vinha o desconforto, as perguntas que eu queria fazer e que nunca saíam. Por que você não fica com ele? Você quer mais, é melhor nisso. Vou embora, deixo vocês em paz.

E ela sentava no dia seguinte na frente da porta, com as olheiras que também gritavam, esperando os conselhos dos que ouviam tudo.

Minhas tias, as vizinhas, as colegas de trabalho da minha mãe nos ofereciam consolos e dicas que eu ouvia só pela metade. "Vai ficar tudo bem", "No começo é assim mesmo", "Passa açúcar no mamilo", "Coloca ele para dormir com você". "Deve ser inveja, tenta tirar o quebranto".

Mamãe queria seguir cada ideia. Eu queria dormir.

O leite saía só com muito esforço, pingando com dificuldade. Com cada tentativa, meus mamilos doíam mais, rachavam nas laterais, sangravam. Ela lia livros, fazia sugestões. A dor continuava, crescia, tomava conta da minha garganta.

Depois de uma tentativa particularmente dolorosa, eu saí de casa, a porta batendo nas minhas costas, esperando que a minha raiva ficasse naquele gesto, contida ali, e não me seguisse pela rua.

Procurei pelo leite em pó no mercado, com as unhas mastigadas de novo na minha boca.

As recomendações da pediatra faziam barulho na minha cabeça. O olhar da minha mãe chorando encostada no batente da porta enquanto eu procurava uma posição para alimentar o bebê. O mamilo raspando no sutiã, ardendo de novo.

Subindo a ladeira, ouvi alguém me chamar e atravessei a rua para cumprimentar. Dona Virgínia, aliviada com uma desculpa para me prolongar no caminho.

– Menina, olha pra você, tá um mulherão! Essa gravidez te deixou peituda – ela comentou, encostando nos meus seios, acordando a dor. – Quando você vai aparecer lá em casa pra eu tirar um tarô pra você? Faz tempo da última vez. Tiro pro seu menino Bruno também. Cadê ele, tá em casa?

Sorri com vergonha e pena, procurando uma forma de corrigi-la que não soasse como uma reprimenda.

– Meu filho chama Vinícius, dona Virgínia. Bruno era meu irmãozinho. Ele morreu já vai fazer uns 5 anos, a senhora lembra? A senhora foi lá em casa benzer o corpo.

Ela ficou em silêncio, com uma das mãos fechada na frente da boca, olhando para o chão.

– Sim, claro que lembro, sua mãe ficou… tadinha. Nunca vi alguém ficar tão mal. Ela cuidava tão bem do menino. Por isso que ele voltou.

Respirei fundo, sentindo meus mamilos arderem mais uma vez com o movimento. Coloquei a mão no ombro dela e cheguei mais perto, angustiada com aquela conversa. No fundo, outro pensamento: "E se ela tivesse encontrado minha mãe na rua primeiro? Perguntado do Bruno para ela?".

– Dona Virgínia, olha só, ele não voltou. Bruno era meu irmão, ele morreu faz cinco anos. Ele morreu de pneumonia. Já faz cinco anos – repeti, ciente de que a paciência fugia da minha voz. – Eu tive o Vinícius, é meu filho, ele tem três meses. São duas pessoas diferentes. A senhora se lembra agora?

Ela colocou a mão em cima da minha, que ainda estava apoiada no ombro dela e deu uma risada como se tivesse entendido a confusão e eu respirei aliviada.

– Minha filha, eu tenho a melhor memória do mundo. Seu irmão foi, mas ele voltou. Eu disse pra sua mãe, no dia que ele morreu, que ela não precisava se preocupar, porque o Bruninho ainda não tinha cumprido o papel dele aqui e que ele ia voltar sim. E ele voltou, menina! Quando você engravidou, sua mãe me procurou e eu disse que sim, porque eu sabia que era ele.

Olhei para ela agora desacreditada, as lembranças de minha mãe chorando pelos cantos da casa, gritando o nome de Bruno à noite, desesperada. E depois dela acariciando minha barriga, falando sobre os meus sintomas para os médicos como se a criança estivesse crescendo nela, se gabando do neto que viria para todos os ouvidos que se aproximavam.

Minha voz se contorceu em si mesma e saiu junto dos meus sentimentos.

– O que que você disse pra minha mãe? Você é louca! É por isso que ela não consegue seguir em frente, com esse tipo de gente que fica colocando coisa na cabeça dela! Meu irmão morreu! Ele morreu! E acabou! Puta que pariu, só tem gente doida nesse bairro. E subi a ladeira com os punhos cerrados, as latas de leite em pó nas sacolas batendo nas minhas coxas.

Chamei minha mãe baixinho ao entrar em casa, com a voz ainda tremendo, o pensamento na dona Virgínia. Pelo menos, ninguém está chorando, me consolei, sem surpresa. Guardei as comidas, tentando não fazer nenhum barulho.

Vai que acorda? Vai que tenho que pegá-lo no colo?

Mas fui para o quarto mesmo assim. Cinco anos. Já nem lembrava mais como ele era. Me agachei na frente da cômoda no corredor para pescar uma foto em um álbum, pronta para colocá-la ao lado do bebê, compará-lo com meu irmão, ver se esse era o motivo do delírio da vizinha.

Todas as fotos dele tinham sido tiradas dos porta-retratos, a contragosto da minha mãe. Conselhos das vizinhas, das tias, das colegas de trabalho, que aceitei sem pensar duas vezes.

Ela estava de frente para o berço, balançando de leve. Não se virou quando eu sussurrei: "Ele tá dormindo?". Dava para ver os pés dele nos braços dela e aquela cena revirou meu estômago, levou meu coração para a boca.

Me deu vontade de fugir, deixar os dois sozinhos, tão melhores sem mim. Talvez ele fosse mesmo que nem o

Bruno, que era motivo de orgulho por si só. Talvez fosse eu quem estava sobrando ali, sempre o motivo dos gritos, razão de uma casa ser tão barulhenta. Talvez ele fosse fazer coisas que a deixariam orgulhosa, começaria a falar cedo, fizesse perguntas curiosas, dissesse obrigado e bom dia sem ter que ser lembrado. Não faria a sua mãe sorrir pela primeira vez com um teste positivo de gravidez. De um filho que nem queria ter.

Parada na frente da porta, eu concluí, com vontade de chorar: só deixei minha mãe feliz quando devolvi Bruno.

Ela continuou balançando enquanto eu caminhava pelo quarto. Quando os alcancei, ela se virou assustada, ciente da minha presença pela primeira vez. A foto caiu da minha mão, pousou no chão entre nossos pés.

Vinícius soltou o mamilo dela e começou a chorar.

Espelho

Laura Santos

Logo que acorda, coloca os olhos no espelho. Quem teve a ideia de colocar um espelho aos pés da cama? À época, pareceu uma ideia brilhante, hoje é um lembrete matinal do que deseja esquecer. Sorri para própria imagem e, na mesma velocidade em que seu reflexo reproduz seu sorriso, o sentimento familiar inunda seu corpo, vergonha.

– Bom dia, eu gostaria de sumir.

Segue a rotina. Toma café sem escovar os dentes antes, viu na internet que não faz diferença. Tira o pijama e procura o que vestir para trabalhar, as meias de ontem ainda não estão fedidas. Que sorte. Entra no carro e demora dez minutos para escolher a música que ouvirá no trajeto de cinco.

A música é uma preparação para o que está por vir, seu laboratório matinal para entrar no personagem. Ouve a melodia animada como uma auto-hipnose, espelhando os sentimentos de fé na vida, entoados em Dó menor pela cantora, empurrando para o canto empoeirado os seus próprios sentimentos. Do momento em que cruzar a porta, sorrirá o dia todo, fazendo gracinhas de moça espirituosa. Porém, a maior parte das pessoas perceberá a farsa, elas sempre percebem. Não pelas marcas no corpo, essas são escondidas pelo tecido. Percebem pela expressão, que, mesmo ensaiada tantas vezes, dura menos tempo do que deveria.

Sente que está sob o olhar de uma lupa o dia todo. Uma formiga em um laboratório. Cada olhar uma inspeção, um relatório de quantas vezes deixou escapar seu sentimento de inadequação, fracasso. Pensa que outras pessoas saberem não é o problema, os olhares de dó, quase propositais, que denunciam seu conhecimento, sim. Tem vontade de furar os olhos. Os seus ou os delas, tanto faz.

Bate o ponto. Até amanhã! Tchau. Entra no carro. Escolher as músicas da volta é mais fácil, não filtra as que evocam uma personagem alegre e adequada. Seria bom não precisar voltar amanhã. E se não voltasse? Nem para casa precisa ir.

Vai para a casa. Janta pão enquanto alterna a atenção entre redes sociais. Escova os dentes e passa fio dental. Apesar de tudo, sente muito orgulho de suas gengivas saudáveis.

O espelho ainda está lá. Amanhã poderia quebrá-lo. Quebrar o espelho, furar os olhos e ir embora. Ir embora dos olhos, furar o espelho, quebrar.

Cai no sono pensando como gostaria de sumir.

Lisane Zorg

Eros

Gozou três vezes naquela manhã.

Disse pra ele que trazia uma infância triste. A perda da mãe, do pai e do espírito santo, um belo corpo e uma mala estourando afeto, pesada demais até pra quem não a carregasse. Ela, descuidada, abriu a porta e era tanta bagagem que mandou ele limpar os pés, lavar os hábitos e lustrar a alma.

Gozou como toda mulher goza, às vezes, por generosidade. E fingiu tão delicadamente alguns suspiros e alguns finais, só porque gostava de ter os orgasmos dele sobre a barriga, mas não sobre si.

Gozou por tristeza, por loucura, por maldade, por medo de se arrepender depois. Gozou por si própria, por orgulho, porque decidiu estar ali e ninguém a obrigou. Gozou por motivo nenhum.

Gozou por pena.

Porque ainda não aprendeu a mentir.

E, descalça, ando sobre ti.

Lúcia Vicente

A minha respiração é silenciosa. Não quero que as sombras me escutem.

Afasto-me das paredes, caminho lentamente, sentindo todos os ossos a cada passo. A maçaneta queima-me as palmas das mãos. Falange, falanginha, falangeta. Consigo abrir a porta. Os meus pulmões sobem, ficam imóveis, descem, sem saber como dançar esta música sagaz que me rasga as entranhas. Entre o diafragma e o umbigo, habita em mim um bicho incômodo que se move sempre, batendo as asas, embrutecendo-me. Olho pela janela. Uma vez. Duas. Todas as vezes que vislumbro uma. Alerta. Tenho de estar preparada para quando chegares, tolhendo o caminho, ébrio e bovino, até encontrares a minha cabeça. São todos os dias, todas as manhãs, todas as tardes, todas as noites, todos os dias. Sempre a minha cabeça. A mesma que esmurras, bates e tolhes sem perdão, porque alguma coisa transforma a tua mão num bastão.

Saí.

O orvalho veste as flores da manhã. Os meus dedos ficaram molhados. Fria. Enfiei o nariz nas rosas, molhadas, rubras. Sussurram-me um conselho. Resolvi-me. O dia passa num entremear, miando-me no peito, que deambula entre esconder-me no vão das escadas ou no sótão, para que não me encontres, e cerrar os punhos para afastar o medo e receber a coragem que bebo em cada gole.

Pelas paredes, as velhas, gritam-me impropérios e incentivam-me a que me reconheça. Confidenciaram-me que eu era forte quando aqui entrei pela primeira vez. Todos os dias, os mesmos uivos. E puxam-me para me avisarem que as ceguei com tanta cor, alegria, amor. Quando já estou colada à parede, gritam. Como se parissem uma dor sem fim. Avisam-me que preto não é já cor nenhuma.

Vomitam-me, enfiando as caras velhas, rugosas, cheias de hematomas nas paredes:

– Amor não é dor. Vai-te a ele, filha. Vinga-nos. A todas.

A minha respiração é sempre pesada. Vou vestir a pior roupa que encontrar.

Saio do quarto.

Passaram-se anos desde a última vez que toquei nos botões deste vestido. Quando o arrancaste do meu corpo, pensei que era porque me querias foder. E quiseste. Mas não foi o teu pênis que entrou na minha vagina, foi o teu punho, martelo doloroso, que me penetrou na alma e rompeu os intestinos. Demos, assim, início ao ritual que se tornou diário. Aquele em que devo sempre respirar.

E, descalça, ando sobre ti.

Baixinho e nunca, mas nunca, murmurar. A dança do vestido vermelho, já esfarrapado.

Sou devota de facas. Rezo-lhes todos os dias. Mas nunca as encontro. Estão fechadas a sete cadeados de vergonha. Copos. Garrafas. Panelas. Jarras. Tudo serve para te espancar, personificado na almofada do sofá. Já lhe cozi a fronha vermelha. Assim, torna-se mais fácil imaginar que te acerto e escorres pelo chão em sangue. Retiro cerimoniosamente os meus chinelos, arrumo-os e, descalça, ando sobre ti. Devagar. Concentrando todo o peso do meu corpo morto nos pés. Sentindo na sola a tua pulsação surpreendida. O teu peito a subir e a descer. A subir e a descer. A descer. Quentes. Os meus dedos enterram-se num líquido pastoso que me aquece e tinge de vermelho o sorriso.

A minha respiração é pesada. Um assobio-pânico em dó.

É comovente a coragem que tenho quando não estás. Chego a acreditar que entre um vai e um vem, um carro te atropela na rua e glorifica o meu sofrimento, o meu medo constante, os meus tremores de noite e de dia.

Ouço o carro que chega.

Estou pronta. Respiro solta. Um assobio-flor em sol. Fui despir o vestido, não fosses querer arrancá-lo com o martelo e o vesti-lo com o grampeador elétrico. Vesti-me de sempre. De lágrimas, medo e frêmitos. Mas com uma rosa ao peito.

Adivinho-te os passos na entrada. A chave que penetra à força na ranhura da fechadura. Dança duas voltas. Dois passos. Nos poucos segundos que faltam para entrares em casa, dou um último gole no veneno que preparei. Herança das bruxas que me rodeiam a cabeça, despenteando-me, dando-me náuseas e culpando-me por me manter cativa. Elas gritam nos cantos conspurcados da minha cela, onde muito do meu sangue respingou pelas paredes, salpicos de cor, suspiros de dor.

Mandei calar as velhas. Um assobio-dor em liberdade.

Abres a porta. Os cães uivam na rua, adivinhando que hoje morre o medo.

Estou pronta. Fronha vermelha na mão.

E, descalça, ando sobre ti.

Olhos vazios

Lucilene Canilha Ribeiro

Sempre tive raiva de Mattilde.

Aqueles olhos vidrados, que não servem pra nada, não enxergam nada, não piscam, mas debocham. Eu sei que debocham. Talvez eu seja melhor do que ela porque dou significado àquele olhar, tão parado, tão burro, tão azul, um azul que nem existe de verdade. Ela só fica ali com aquela cara estúpida, com aquele sorriso tímido, que não acha graça de nada, que só quer fazer com que a gente pense que ela tá feliz, mais feliz que nós. Na verdade, não está feliz, está satisfeita, o que é pior. "Tá plena por quê?", quero perguntar, mas o simples fato de dirigir a palavra a ela já me causa pavor. Não vou me entregar assim, não vou, não quero, nem posso. Tenho que parecer indiferente, tenho que ter olhos mais vazios do que os dela, algum vinco nos lábios, que mostrem que nem ligo para o resto, porque não preciso, já tenho tudo que quero. Para que me exceder? Mas ela insiste, a presença dela é mais forte. Reluto e não entendo como o silêncio pode ser tão ruidoso, tão extravagante. Já nem sei se são meus ouvidos que ouvem demais. Acho que não. Quero me distrair de sua presença, pode ser que assim ela vá embora. Olho pela janela buscando algo em que me agarrar, alguma árvore se agitando ao vento, um passarinho cantando, um inseto qualquer pousado nas grades, uma nuvem que seja. Mas, por mais que eu tente, tudo que vejo é aquela cara estúpida, com covinhas e bochechas rosadas refletida no vidro. Tenho vontade de quebrar o vidro, sai daqui ou saio eu, ou pulo pela janela ou corto os pulsos com os cacos. Ou corto essa sua cara, sua pele rosada não sei se de vergonha ou se saudável. Cínica, nem se mexe, nem se importa, continua em sua pose esfíngica de quem já superou tudo isso, que está além destas minhas pequenas misérias. Se rasgar esses olhos, encontrarei alguma profundidade? Quem sabe um talho maior em sua boca e encontro teu sorriso, tua gargalhada, teus dentes, perfeitos. Devem ser, eu acho. Mattilde, por que não me temes? Eu posso te machucar, posso fazer com que sintas tanto quanto eu, e que não sintas mais nada depois. Eu queria isso, deixar de sentir, ter olhos mais vazios, sorrisos mais contentes, mas não consigo, nunca chego lá. Poderias me ensinar. Talvez, se fosses melhor ou eu, quem sabe... Quem sabe eu esqueço os cacos e tu me ensinas a esquecer a dor, hein? Nem sequer me responde, apenas ri. Desconfio que sua satisfação se alimente de minhas desgraças. Não, acho que não, ela não nota meu desespero. Se ao menos reparasse em mim, em meu desassossego, talvez diluísse um pouco minhas angústias e afastasse um pouco os meus fantasmas. Mas, é claro, isso ninguém quer, quem poderia querer, eu não iria querer. Deus me livre de alguém louco assim, longe de mim. Mas tu estás aqui, tão perto e tão longe. Por onde vão teus pensamentos, se é que tens algum nessa cabeça oca? E se eu gritar? Vou gritar. Na tua cara. Até furar essas orelhas. Vou puxar teus cabelos, esqueça os cacos, vou te arranhar com minhas unhas, te morder até sangrar, essas bochechas rosas, quero-as vermelhas como duas maçãs maduras, maçãs do amor, quero ver o terror dentro dos teus olhos, a boca transformada num "o", maiúsculo, enorme, tão grande quanto o medo, tão forte quanto a dor. E quero ver se continuas assim, impassível, boneca estúpida.

Luiza Guimarães

Arachne – monólogo em cena única

As luzes se acendem. No palco, vemos uma mulher tricotando em silêncio. Ela é jovem, mas tem a postura de uma velha. Ou é velha, mas tem a postura de uma jovem. Ela tricota em meio a uma infinidade de xales e cobertores de tricô.

ELA – É *(estala os lábios em um "tsc")*…

Ela continua tricotando, estalando os lábios de tempos em tempos, sua atenção focada totalmente em seu tricô. O tamanho das pausas fica a cargo de quem a interpreta.

ELA – É tudo conectado… *(tsc)*.

As agulhas imitam o estalar dos lábios, movendo-se com paciência. Ela continua tricotando por tempo indeterminado.

ELA – Já parou para pensar nisso? *(tsc)*.

Os estalares de lábios e agulhas continuam. As pausas beiram ser insuportavelmente longas para a plateia.

ELA – Tudo… Tudinho mesmo… *(tsc)*.

Seus olhos começam, de tempos em tempos, a espiar a plateia. Mas ela segue tricotando, estalando os lábios, estalando as agulhas.

ELA – É…

Ela continua tricotando, estalando os lábios de tempos em tempos, sua atenção dividida entre o tricô e a plateia. Ela observa discretamente o público, por vezes tricotando tão lentamente que parece ter parado. Ela vê a reação do público.

ELA *(diretamente para uma pessoa da plateia)* – Tá com pressa, minha filha?

Ela suspira, decepcionada, e tricota mais um pouco. Seus estalares na boca e agulhas um pouco menos espaçados.

ELA – É… pois é… *(tsc)*.

Ela continua tricotando, estalando os lábios de tempos em tempos, sua atenção voltou a ficar totalmente concentrada no tricô.

ELA – Que pena… *(tsc)*.

Ela tricota em silêncio mais um pouco.

ELA – Tá ficando bonito, né? Eu que inventei esse ponto. *(tsc)*.

Ela olha ao redor, escolhe uma lã colorida e enrola de qualquer jeito no tricô.

ELA *(para o público)* – É para dar uma variada. *(tsc)* Ninguém gosta *(tsc)* de uma vida muito monocromática *(tsc… tsc)*.

Ela não tira os olhos do público. Tricota lentamente, por memória muscular, e encara as pessoas. Encara até encontrar a primeira pessoa que bocejou, entediada.

ELA *(para a pessoa entediada)* – Eu vi você aí, bocejando… *(resmunga)* mal-agradecida/o *(tsc)*.

Seus estalos aumentam gradativamente em velocidade, mas ela continua tricotando em paz. O fio principal acaba.

ELA – Ah… Essa foi rápida. Isso que dá. Gente apressada… Pressa pra quê? Para acabar o fio? *(tsc, tsc, tsc, tsc)* Ah, bom… outro fio. *(para o público)* Eu gosto de fios novos.

Ela começa um novo tricô. Seus estalos voltam a uma velocidade irritantemente devagar.

ELA – O que eu dizia? *(tsc)* Ah… sim… Está tudo conectado *(tsc)*.

Ela tricota quase em silêncio. Ouve-se apenas os estalos da boca e das agulhas ocasionalmente.

ELA – Aqui. No meu tricô.

Ela pega o mesmo fio colorido da outra vez e inclui em seus pontos. O tricô antigo, ela pendura em si mesma, no meio das várias mantas que a cobrem.

ELA – As gentes vão, vêm… *(tsc) (tricota)* E, no fim das contas *(tsc)*, tem quem tem pressa *(tsc, tsc)*, pressa demais para ver essa manta colorida *(tsc, tsc, tsc)*. Outros já vão com calma *(tsc)*. Traçando os desenhos mais bonitos aqui *(tsc)*. Mas, às vezes, nem eles percebem *(tsc)*. O tamanho real da manta *(tsc)*. Eu não os culpo *(tsc)*. É muito difícil perceber a beleza da manta quando se faz parte dela *(tsc)*.

Ela tricota mais um pouco. Os estalares das agulhas continuam, mas os estalares da boca, aos poucos, vão se transformando em risadinhas. Ela ri de uma piada que só ela conhece. Seu foco está totalmente no tricô. Ela esqueceu a plateia.

ELA – *(ri)* e o mais engraçado… *(ri mais)* é que… *(ri mais)* você só tem *(ri)* uma chance de reparar na manta *(ri, ri mais)*, que é… *(ri)* que é quando você faz parte dela. *(ri mais).*

Ela continua tricotando e rindo, rindo como se o que acabou de dizer fosse a piada mais engraçada de todo o universo.

Mariana Belize

E querem saber o porquê das janelas fechadas

Te conto. Fui desistindo. De levantar para comer. Andar. Falar. Mexer os dedos dos pés, das mãos, o corpo. De lembrar, de dormir. Na cama, fiquei jogada aos leões, com a esperança viva de me transformar em pedra. Então, D. entrou. Contei da raiva, gota a gota, até incendiar tudo e chegar ao meu final. Não me preocupei com sentido. O sentido não virá, mas eu vou sovar essa massa até que ela cresça. E é por isso que falarei dos rastros dessa linguagem adivinhada aqui no interior dessa cama, dessa terra mofada que chamo de corpo.

Sentir a língua obtusa de mentirosa e volúvel. Falar sem usar a voz. Não tenho fé, não. Tenho fúria. Sal nas terras dos inimigos, não. Porque eu sou estátua, olhei para trás. Sou fel de amargar as águas? Não. Sou abismo de parir demônios. Nascem das minhas entranhas anjos exterminadores enquanto o médico anota coisas em uma prancheta de metal e ácido. Invento um desejo, destruo. Sala sem janelas porque desdenho dos presentes do destino. Recebi um talento do acaso, mas foi embora quando começaram os choques. Rasgo esse chão de porcelanato com minhas unhas quando retorno. Tudo é ousadia quando nasce de uma mulher, para nós, o silêncio. Para eles, a vitória, a glória, um deus. *Vaidade das vaidades, tudo é vaidade.* Tive medo disso, de traçar estes riscos, de unir palavras. Voltar a falar sem voz.

Não acredito, não gosto do que aparece do nada. Insisto em procuras bestas, em investigações inúteis. Busco, em cada canto escuro, uma luz, uma fagulha, uma centelha, uma lágrima, um pedaço de *aleph* que me atormente. Desde que não seja memória, aceito qualquer migalha. Não sei de onde vem a obsessão. Repito, olhando no espelho ou no olho seco do psiquiatra. Ele escreve. Eu procuro dentro de mim uma causa, repito que não quero me afogar. Ao mesmo tempo, não quero mais esse tom de viver.

Transformo em fel os sonhos e combato toda beleza com o que é do sublime. Odeio a beleza magnânima em tudo, mesmo na escuridão que me alumia a desgraça. Odeio ver a mim mesma em mim. Não me iludo com a juventude que aparece no reflexo. Meu tempo é o da ruína, corpo de escombros. A ferida do meu braço fechando contra a vontade. Preciso das malditas facas.

Quem escondeu? Elas falam que o mundo é grande e só sou uma pequena poeira. *Ninguém ia sentir falta de você, menina, por que não enfiar mais fundo, por que não tomar o refresco de chumbinho, por que não o trem, o carro, o ônibus, a corda, as pedras nos bolsos, a cabeça no forno?*

As facas falam, mas não digo ao doutor. Ele observa. Não discuto com elas, as cicatrizes entre nós são muitas, a amizade é longa. As facas entendem, as facas trabalham, estão sempre afiadas, o aço brilhante feito a esperança. Ouço as luzes da poeira, os cânticos do subterrâneo. O diabo desarruma tudo. Deus, poeira lúcida que mora embaixo da minha cama nesse lodaçal.

O diabo tem cheiro de pinho-sol feito o banheiro escuro no qual mamãe me espancava com todo direito de me esculhambar. *Taca a cabeça dela na parede, joga o chinelo, a panela, o vidro de perfume, o sapato, o cinto, joga nela. Água gelada na carcaça dela. Não dá em nada. É pequena, é frágil, é quieta demais, é estranha, encara a gente com esse olho. Olho ruim, cobra que criei no meu seio, condenada à miséria, ao abandono, desgraçada maldita, não serve nem pra ser piranha, sua vagabunda de merda, não vale nada. Inútil.* Tapa na cara, rotina. Chinelo, cotidiano. Eu perdia as chaves de casa, mas achava o caminho de volta feito uma cadela faminta. Perambulava esquecida de quem era, mas era obrigada a lembrar, retornar ao lar, deitar no colo dela, querer ser amada. E ser uma criança triste. *Mãe é mãe.* Implorei ao comprimido que não trouxesse lembrança de nada.

Esse lixo contém drama e loucura porque vocês dizem que mulher é bicho de drama e loucura. Engoli tudo o que me disseram e, os pedaços do meu desespero, mastiguei aos poucos.

Tenho estômago de digerir homens! Eu sou a cobra-grande. A sobra da costela. Vou partir vocês ao meio num só golpe. A corna, a violenta, a vaca das divinas tetas. São meus os chifres de ouro, as patas de bode, o rabo com ponta de lança, meus chifres bem longos encontrando o céu, minhas tetas vermelhas de sangue e pingando leite, o corpo interminável de rua, de mansarda, de desejo, de inferno e cova. Meu corpo, encruzilhada de pranto e prazer. A enlouquecida Eva depois de mastigar o fruto proibido. Meu pé na esquina, minha mão cavando o nada. Olho no centro do mundo. O inferno criado num estalar de dedos. Sou capaz de rosnar. Morder. Dilacerar com patas de procura e silêncio. Quero cobrar a minha dívida e destruir a culpa e decretar esse apocalipse inválido e incendiar a decência e descrever a perfídia. Quero a surdez e a cegueira.

Quero morrer de tanto cantar. Depois fugir ao deserto, onde, depois de morta, me virarei em santa. Não posso ficar com raiva. Vem a laranja mecânica.

Escrever, o que é escrever, por que escrever, ao que me dedicar se não for a esse exercício inútil, o único absolutamente inútil possível, o mais inútil possível depois da reza? É claro! O mais bem-feito justamente por não servir a nada, para nada, para ninguém. Sou capaz de amar, mas amo o que é inútil, o que me destrói aos poucos, o que me espanca, o que me deixa morta, o que me regurgita, o que me vomita, o que me crucifica, o que me queimará viva. A destruição é a peçonha que degusto, minha dor nascida das mãos de quem me pariu. *Mãe é mãe.*

Repetição, repetição, não elimino, deixo, aconteçam, aconteçam, explodam as minhas obsessões. Nós somos iguais, meu mentiroso, meu igual, meu leitor, meu filho. Deus ama apenas as ovelhas do abismo. Santidade é pra quem é preguiçoso. Sou porca, me refestelo na lama do perdão.

Divindade é pra isso. Mas, quando o efeito acaba, desabo e adormeço.

Minha avó tinha as mãos feito pedra de afiar. Duras, calosas, eram mãos de pegar em cimento e construir casa do zero. Ela construiu a casa com as mãos de colher de pedreiro. Eu quero registrar isso aqui eternamente. Quero contar que ela criou cinco filhos sozinha, ferrou a coluna e a saúde numa máquina de costura, ficou com a barriga colada entre o tanque e a pia da cozinha pra criar os filhos, apanhou do marido pedófilo e estuprador. Definhou sozinha num asilo onde aplicaram-lhe uma injeção de água e sal.

Minha avó foi morta e foi a filha dela que pagou a execução. Quero registrar aqui os meus mortos, quero deixar aqui os crimes prescritos que sei, não vão a julgamento de ninguém, nem de Deus. Mas a literatura vai me deixar colocar aqui, a literatura vai, a literatura vai prender o meu avô atrás das grades, vai punir a minha mãe por ter pago para matarem a minha avó, vai matar o meu pai, cúmplice por ter me abandonado com a mulher que quase me matou também. A literatura vai me matar também. E morta, serei fiel.

Minha mãe era exímia amoladora de facas. Minha mãe, fazedora de anjos, acabou parindo uma demônia. Uma diaba narradora. A satanás da família, a do contra, a canhota, a monstra de sete cabeças, a hidra de Lena, a que carrega a discórdia. A que era inútil, porque não roubava. A imprestável, porque não lavou as mãos em sangue, nem derramou as vísceras de homem ou mulher no quintal da avó, inútil que não queria matar o porco, estrangular a galinha, burra de estômago fraco. A que, mesmo ouvindo o chamado *delírio do sangue*, renegou as raízes e plantou novas sementes. A que se amigou da morte, a sobrevivente maciça, a espantada com a vida. A infeliz menina. Mas sou a que pode dizer: estou viva. Mesmo sem nome.

Abro o meu corpo, deixo correr o meu sangue aqui, sujo essas páginas para não sucumbir ao peso familiar de *ter que matar*. O assassinato, esta marca indelével de Caim, meu primeiro pai, que depois marcou meu segundo pai e o terceiro pai, até o último pai, o que preferiu me marcar pela traição e pelo desamparo. Homicídio, meu sobrenome. Predadores, família de predadores viris. Nós, devoradores de carne humana. Nós, comedores de carne crua, comedores de lixo. Se for matar alguém, virarei essa faca aqui contra mim. No mundo de vocês, não posso ir embora a catar as moedas, roubar os miseráveis, morar na rua, morrer de peste. Aqui, posso me dar o fim que decidi, que mereço, que fui criada pra ter, víbora escarlate. A lixeira do mundo, a figueira amaldiçoada. Mulher seca, sem justiça. D., se quiser, que venha, mas venha armado e esperto. O redemunho do diabo sou eu. Estou viva.

Meu bicho interior, minha fonte primordial, minha memória selvagem. Sou minha mãe e meu pai. Sou a minha mãe, porque quem me pariu no mundo, desenrolando novelos, cabelos, escovando dentes: eu. Eu que escrevo, que lavei meu uniforme com sete anos, que me defendi do tapa aos doze, que recebi a eucaristia aos treze, que estudei pra passar de ano, que cobri e cuidei do meu corpo, que me curei dos estupros e cuidei das feridas interiores. Aquela que secou as minhas lágrimas. A que lavou meus cabelos quando não havia ninguém. A que me salvou do vale da sombra da morte. Sem D. Nem homem. A que se reconstruiu. Que me alimentou, que limpou chão e cuidou de crianças, que me sustentou, que morou de favor na casa dos outros. Que, sozinha, caminhou pelas ruas de madrugada. Aquela a quem negaram um pão. Aquela que não servia pra nada. Aquela que não serviu à família como propriedade privada. Eu é que sou a mãe sagrada que tive. Sou o pai que me ensinou a ler. Guardei tudo na minha *heart-shaped box*.

Mentiras e fugas constroem vida. Não as letras e pontuações, nem desejos, sonhos, lástimas. A grande argamassa branca entre tijolos, amorfa de lembranças, um passado que insisto em usar de cobertor nos ombros e sinto saudades de minha avó aqui – ela sabia como narrar os acontecimentos. Vou costurando as palavras, entrecruzando as linhas, inventando repertórios, leituras, poemas e pesadelos. A mãe que espanca, a mãe que amedronta mora nessas ciladas, os corredores desta casa sombria, uma cama armada na sala, cadeira de balanço, comida amarga. As moscas passam e beijam o eterno macarrão com salsicha. A miséria se instala e a memória me atravessa num solavanco. Contradição. Destruição. Raivosa. Cansada. Não estou triste, não. Até que sou alegre. Mas hoje estou cansada. *Depressão*, diz o médico, *não posso te dar alta.*

Matrioska

Mariana Bortolotti

I

a boneca no pedestal
dentro do armário de vidro
roupa de veludo
brinco de ouro
sapato de couro
intocável

em sua santidade
a boneca não podia ser tocada
apenas vista
apreciada
idolatrada

a boneca era o desejo
posse
obsessão
identitária

imersa
naquele ambiente

claustrofóbico
não aguentava mais o armário de vidro
queria quebrar as portas
janelas
vidraças
escapar daquela prisão

o pedestal era um lugar tirânico
onde grades usurpavam
fantasias

II

todo dia a mulher acariciava a boneca
em sua própria redoma
imune
aos olhares pontiagudos
facas
flechas
por todos os lados não sabia mais
para onde desviar

desvio de rota
atalho secreto
cuidaria para ninguém descobrir
que era uma menina má

na essência apenas uma boneca
que gostava de brincar de boneca
brincava, brincava, brincava
em segredo

as paredes têm ouvidos
guarde já no armário de vidro
é ali que você pertence
em seu despertar
secreto
segredo
Sagrado

Sertaneja do cafundó

Neia Marques

Desde as duas horas estou esperando. Apaguei o braseiro do fogo. Vesti calças. Fiz minhas rezas. Encomendei minha alma caso mereça.

Fechei todas as portas e janelas. Deixei apenas essa greta por onde posso botar os olhos e ver até a curva da figueira. Aqui também posso equilibrar a ponta da cartucheira. Ela é velha e está um pouco enferrujada pelo desuso. Por Nossa Senhora, ela não há de negar fogo. Vai me servir dócil como boa amiga.

Ele disse que viria – e foi mais do que um dizer – foi uma ameaça. Uma promessa, como se faz aos Santos. E eu sei que ele virá. E ele sabe que não arredo o pé, nem arrego. Eu não tenho medo.

Minha mãe, sim, era medrosa. Apanhava de macho. Ainda bem que não herdei isso dela. Herdei apenas os olhos. Isso não me trouxe o medo junto – apenas a cor esverdeada. Foi uma maldição. A cor atrai a atenção dos cafajestes.

A doçura do olhar da minha mãe – e aquele quebrantamento das pestanas submissas – ficou só com ela.

O choro, a vermelhidão dos chutes e pontapés que marcavam seu corpo também não quero herdar. Jamais. Foi esse o motivo da minha retirada daquele lugar. Eu seria a próxima a ter a carne moída pelo ódio dos machos da minha casa. Meu pai e meus irmãos eram assim, torturadores sem alma!

Prometi a mim mesma que nunca seria tocada por essa violência.

Se fosse preciso, eu seria a violência! Não para machucar ninguém. Para resistir!

Nessas horas me faz falta meu vira-latas – com certeza, ele iria dar sinal –, a praga teve que morrer antes desse dia. Cachorro bobo, caçador de urutu, tinha que acabar se dando mal.

Armei minha cartucheira. Estou esperando o maldito vir me pegar.

Já passa das seis. Ele está esperando a escuridão pra ajudar na tocaia.

No sertão, até o sol é teimoso e recusa a retirada antes das sete horas.

Amanheci antes das cinco. Sertanejo não costuma ficar muito tempo no colchão. O corpo dói se ficar de moleza. A terra o chama.

A terra é exigente e difícil, igual mulher solteirona – dizem os machos – eu não concordo. Por acaso, é uma fungada no pescoço que adoça as mulheres? Que amolece?

Se a gente é bruta é porque a vida é bruta. Não é qualquer perna de calça que vai mudar isso. Não temos ninguém para nos defender. Se a gente amolecer, a gente morre.

Macho não nos defende. Na hora do pega-pra-capá, são os primeiros a pedir misericórdia. Já vi muito cabra com fama de matador se mijar na frente de uma cartucheira. Pedir arrego. Rezar para mãinha do céu.

Rezar!? Cabras frouxos! Nem sabem uma Ave Maria!

Na hora de bater em mulher e em fracotes, eles são bons. Desarmados, são uns cocozinhos de vaca. Esterco puro.

Esse que prometeu vir me traçar tem fama de matador. Arruaceiro. Já desonrou mais de dez cabaços!

Usa sua espingarda para ameaçar os pais. Usa sua lábia para encantar as moças.

Disse na frente de muita gente que hoje era meu dia! Ele não gostou da minha resposta ao seu gracejo. Me chamou de quenga de olhos verdes. Afirmou que me comeria. Pensou que estava me agradando com esse palavreado!

Cabra sem-vergonha. Ele tentou passar a mão por debaixo da minha saia. Cuspi na cara dele. Ele ergueu a mão pra me bater. Encarei o bicho chispando de ódio. O dono do armazém disse que ali não era lugar de resolver essas coisas.

O armazém estava lotado – eu devia ter ido mais cedo buscar óleo e sal.

Então, ele fez a promessa. Vai vir me pegar. Eu estou esperando.

Sou sertaneja do cafundó. Não tenho medo!

O pestilento ordenou que eu guardasse água na moringa para ele se refrescar depois da farra.

Minha água é preciosa!

Ouvi dizer que no litoral tem muita água. Aqui, tenho que cavar minha própria cacimba. Retirar com esforço meu líquido. Estou longe da civilização.

Eu não darei água!

Tenho que me fazer por mim. Talvez minha voz não seja ouvida em outros lugares pela distância, mas não deixa de ser uma voz potente como sol sertanejo.

Eu não vou me calar!

Sou do cafundó. Sou de difícil acesso! Não vou deixar cabra nenhum me bolinar! Prefiro morrer! Vou matar!

Dá tempo de tomar um gole de café. Ainda tem rajada de claridade no céu.

O tempo passa entre pios de coruja. Agouro! Mau sinal!

O infeliz está demorando pra chegar. A madrugada cambaleia minha cabeça. Não posso dormir. Ouvi bater de asas. Deve ser alguém chegando. Não ouço barulho de patas de cavalo. Deve ter desmontado para me tocaiar. Parece que vejo um vulto depois do bananal. A lamparina está apagada, a escuridão lá fora fica mais clara.

Serão passos que agora vêm do mandiocal?

O suor escorre, me nubla as vistas. Meu coração dispara. Firmo o dedo no gatilho. Firmo o olho no mandiocal. Folhas se mexem.

Será vento? O tempo parece que está mudando pra chuva. Não espero a resposta. Atiro. O som sai seco, quase engasgado. A garganta da velha cartucheira tosse. Minha garganta está seca.

Não estou ouvindo mais nada, só o vento meio arisco. Ainda empunhando a arma saio para o quintal. A madrugada já acendeu um candeeiro no céu. Avermelhou as nuvens.

Procuro na plantação o morto ou sinal dele. Algum vestígio de machucadura. Nada.

Vou até a estrada. Está vazia e poeirenta. O vento aumentou. Certifico a minha solidão. Minha paz retorna.

Amarelou! O peste amarelou! Gargalho e minha risada enche o silêncio.

Vou tirar um cochilo pequeno antes de ir pra roça.

Acordei da madorna em sobressalto. Noite medonha. Meu corpo dói. Minha cabeça cambaleia. Parece que bebi cachaça. Noite maldormida apenas.

Até o sol está preguiçoso, dormindo atrás das nuvens. O vento continua e traz gotas de chuva. Sinto vontade de ir ao armazém assuntar o paradeiro do maldito.

Não posso levar a cartucheira. Amoito ela embaixo da cama. Afio o canivete e escondo junto ao meu corpo. Precaução contra imprevisto.

Em frente ao armazém, vejo o dono gorducho olhando o cortejo pobre e sem pranto. Três pessoas. Duas carregam a rede. O terceiro está enrolado dentro dela. Faço o sinal da cruz e me desvio.

Antes de qualquer pergunta – o vendeiro, para não perder a vez do relato, se apressa em minha direção. Afobado, relata que uma menina de pouco mais de treze anos havia degolado o deflorador de donzelas.

– Com canivete! – repetia ele. – Quem poderia imaginar!?

– Ela era tão franzina. Raquítica. Desnutrida! Ninguém se deu conta de sua presença, nem o maldito, que só se atentou quando o sangue começou a esguichar de seu pescoço sem parar – prosseguia, tropeçando nas palavras, o suarento comerciante.

– Só deu tempo de ele conferir o rosto da assassina e gaguejar impressionado: Uma sertanejinha de merda!

Não dei mais prosa ao dono do armazém. Não fiz comentários. Nem mostrei admiração, como ele esperava.

Caminhei de volta ao meu esconderijo.

Sertanejinha de merda! Tive orgulho de também ser uma!

Não mexam com a gente! Temos a vida e a morte na nossa sina!

A fresta

Paloma Packer

Meia-noite, estranhamente sem sono, olhando as estrelas de plástico brilharem no teto do meu quarto enquanto penso em coisas legais. Durmo sozinha desde que nasci e nunca fiz xixi na cama.

Nunca tive medo de escuro, trovão, altura ou bicho-papão. Meu pai diz que tem orgulho de mim, que sou inteligente, e que tenho um futuro brilhante pela frente. Tomara que ele tenha razão… Não quero acabar como a mamãe. Todos falam mal dela, de seus comprimidos e de suas crises sem razão. Dizem que ela é maluca, que sofre de uma doença que não tem cura, que hora ou outra vai acabar se matando, ou acabando com a vida de alguém.

Nunca entendi seu choro, escorrido num agudo fio, que deslizava pelas paredes da casa desde que me entendo por gente – nunca me deram qualquer explicação, sobre nada. Por isso, hoje, apesar do frio, resolvi investigar.

Levantei da cama sorrateiramente e invadi o corredor. A luz do quarto dos meus pais estava desligada.

Nenhum som, além dos... tapas. Tinha certeza que eram tapas, fortes e estridentes bofetadas. Espiei pela fresta e vi meu pai sobre ela.

Ambos nus. Ela estava quase sufocada, com a enorme mão de papai sobre seu pescoço, apertando-a. Parecia querer gritar, mas não dava. Não dava. Eu sabia que não dava. Meu estômago embrulhou. Corri de volta para o meu quarto no mais apressado dos passos, sem olhar para trás, nem mesmo tomar cuidado com o barulho causado pela força dos meus pés contra o assoalho. Encostei a porta. Com o coração ainda em mãos, fechei os olhos. Tentei dormir. O sono, entretanto, não chegava.

Toc-toc. E a porta rangeu, devagar.

Molhei o travesseiro com lágrimas de desespero. Era minha vez. Eu sentia o que estava por vir, como se fosse algo com o qual estava acostumada. Mas, agora, consciente – e não sei dizer ao certo, mas algo me diz que estou finalmente pronta.

Papai esqueceu de trazer o copo de leite, pela primeira vez, em todos esses anos.

Será que fiz algo de errado? Ele sabe que não durmo sem beber um copo de leite, quentinho. Ainda sou tão, tão jovem... mamãe sempre diz isso.

– Solta ela! – Ela gritou, do corredor. – Solta a menina! Ela não entende...

Ela sabe que estou acordada, sabe que não pode me controlar, sabe que fechei a porta antes que seus pés pudessem cruzar o vão que separa meu quarto do resto da casa, deixando papai comigo… e que aí mora o perigo. Mas ela não sabe o que tenho em mente.

Girei a chave e sorri. Ah, papai… não perdes por esperar.

Pâmela Rodrigues

Desejos

queria cura
não há
tenho bulas
e aquarelas
de comprimidos

ansiava por linearidade
a vida segue
com seus altos e

baixos

a vida recua

feito o mar
antes do tsunâmi
eu não sou um elefante
fico
é inútil nadar

vejo as ondas levando tudo
inclusive eu

queria calma
a tempestade chega
com seu show pirotécnico
de relâmpagos

queria música
recebo trovão de deuses
cansados de gritar

queria o presente
transito entre
futuro e passado
na velocidade da luz

queria trabalhar
deito no chão pensando
feridas
mortes
e epopeias

queria companhia
sou Alice encolhida
num mundo de GRANDEZAS

desejo leveza
levo no peito a âncora
que não me deixa
emergir do mar revolto

a vida
estampa camisetas
com registro de pulsares
apontando o caminho
para lugar nenhum
uma rota de prazeres
desconhecidos

a vida reinventa cenários
no mesmo cemitério
de estrelas implodindo

eu queria
outra versão de mim
sou espelho
pintado a óleo
que reflete uma paisagem só
um quadro da loucura
com traços de Van Gogh

mesmo assim me amo
e esse *amor*
vai me destruir de novo
para sempre

Mil reais em vale-compras, exceto bebidas, produtos importados e farmácia

Foi uma perna, as costelas, três cirurgias, pino, sorte que o plano vai cobrir.

Tapeada, apunhalada, desenganada pela sócia, prima da sócia, capanga da sócia.

Chamou a gata de frívola e desde então vem recebendo um olhar de quem já viveu no mínimo uma outra vida, na qual era nada menos do que Marie Curie e se lembra muito bem disso. Por consequência, está profundamente ofendida.

Tomando banho sentada, com um saco de lixo na perna, o celular vibra na pia. Estica a mão pra ver a mensagem: "*Mas nesses anos todos, você não percebeu nada de estranho no fluxo de caixa?*' A gata passa, bebe água do box, se retira. Tudo transcorre sem contato visual.

Na semana que vem, alguém vai ser sorteado na sua frente pelo sisteminha do caixa do supermercado, ganhar valor em compras, um parabéns, musiquinha, bem ali, na sua frente. Ela vai empurrar o carrinho atrás do carrinho do ganhador, que por sua vez vai empurrar o ganhador, até conseguir passar pelo corredorzinho do caixa, gritando para um interlocutor coletivo e invisível: "11 ANOS COMPRANDO AQUI. NUNCA GANHEI NEM UM BOMBOM. PA-RA-BÉNS".

Perto da porta, vai tirar a mão da muleta, bater três palmas significativas e retomar a marcha.

Paula Maria

Triste

a penúria da solidão. a casa vazia. o sono de castelo de areia. o sotaque latino-americano. no amor, a conquista é perigo. não somos donas de ninguém. quero aquilo que incendeia: o riso que saltam os dentes, as mãos que só sabem se tocar, o calor da boca que tem fome d'outra. fico, contudo, a ciscar por migalhas, e galinha é bicho que anda para trás. adoeço e padeço nessa teimosia de consertar as coisas. sofro sem ao menos chorar mais. a lágrima não desce. o sangue ferve e não evapora. os dentes travam e a boca também. as entranhas querem gritar o quão maldito foi tudo isso que ainda não acabou. o ouvido busca na multidão palavras doces como sorvete. a mão digita essas palavras querendo dizer outras. sofro e não sei mais por que exatamente. me estatelo no chão, do qual parece que nunca saí. danço. fotografo. canto. aguardo.

Louca

essa cara inexata, passível de tantas expressões e palavras. a falta de filtro ou vergonha. a vontade escancarada. a poesia do óbvio. a dor das despedidas. o gosto da ressaca. os dias tão incríveis. o silêncio entre as perguntas. as ondas e os mistérios. a rotina que avassala. minha cara, exposta ao mundo como veio, sedenta de todas as respostas, curiosa e reticente. consigo, durante microinstantes, esconder a intenção, que logo se revela nos grandes olhos e no sorriso mole. consigo – a vida inteira – garantir ser eu mesma, ainda que me tome tempo e risco. a cara é inexata, porque já não sabe o quanto pesam as viagens que procura. os olhos são de quem acredita profundamente e sabe, sem dúvidas, exatamente o que persegue nesta vida: encarar a morte. afirmo, de maneira clara e contínua, meu deslumbre sobre o viver. conto histórias sobre mim, sobre os outros, sobre o mundo. procuro acumular tudo para poder espalhar depois. aqui, me trago invertida após anos tentando o correto: eu quero a curva.

Má

isso é tudo o que eu posso oferecer. isso é o que sou. não tem fácil, não tem difícil, não tem bonita ou feia. tem o que existe, o que é possível, o que está, o que é. meu presente, minha presença. não há nada para prometer. atrás da cortina, tem o véu. atrás do véu, a maquiagem. atrás da maquiagem, a pele. atrás da pele, a verdade. assusta. mas a vida não são instantes de susto e suspiro? sei – e sei mesmo – que o encontro exige disposição. entendo se você não ficar. saiba que não posso fingir nem mesmo me esconder: isso é tudo o que há. sou melhor do que fui, porque deixei tudo se aproximar e entrar, quem diria. abri as janelas, correu luz, ar, vida. bum! acordei de longa anestesia, olhando para dentro. me ver de novo, estranhar, reconhecer. atrás de mim mesma – tentando – tinha eu mesma – sendo. isso é mágico. é amor. é força. é coragem. depois de receber tudo, percebi o encontro em desmanche. acordar olhando para dentro me fez confiar na vida, no longo e sábio processo de existir – pouco controle, muito acolhimento. e sentir. existir e sentir.

Janelas

Rô Carmo

Dava para ver um pedaço do riacho e adivinhar seu murmúrio. Adivinhar não é bem o termo, relembrar, sim. Esse som estava guardado em um lugar bem especial de sua memória, lá no fundo. Era tão conhecido e íntimo quanto as batidas do seu coração. Herdeira da casa onde moraram seus pais e avós, e onde passara toda sua infância e adolescência – até as promessas de cidade grande tornarem-se por demais atraentes – ela voltou a viver ali por ocasião do início do seu casamento, e continuava ali, mesmo depois do seu fim. Naquele momento, pela fresta da porta, mirava com incansável demora o filete de rio que passava na extremidade sul do terreno.

Todos os dias, ela abria cuidadosamente uma pequena fresta da porta e, diante dela, deixava-se ficar enquanto durasse a manhã. Os raios do sol matinal eram insistentes e indiscretos, mas ela não cedia aos seus apelos. Abria a porta apenas o suficiente para espreitar o dia lá fora e poder olhar o rio, sua única companhia.

Pelo lado de fora, podia-se notar amplas janelas em todos os cômodos da casa, que, outrora, certamente deixavam a luz do sol entrar largamente. Houve um tempo em que a casa inteira refletia a luz, mas, em função dos acontecimentos, estavam agora todas elas seladas por dentro, com madeira vigorosa. O calor e a luz não tinham mais licença para estar ali. Todos pensaram, a princípio, tratar-se de uma medida de luto, uma vingança pela presença da morte que assolou aquele lugar. Mas não… Aquela atitude era uma tentativa de resguardar réstias de vida que ainda passeavam pelos cômodos da casa. Ela podia sentir a vida pulsando nos chorinhos e risadas que ouvia vez em quando, nas melodias simples que surgiam ao cair da tarde, no som da respiração suave que invadia a madrugada silenciosa. Não podia deixar que isso tudo escapasse, por isso vedou as janelas, uma a uma. Era antes um movimento de resguardo de um passado que ainda estava em movimento, um passado imperfeito. Entre aquelas paredes ainda havia esperança, e ela era a única que conseguia sentir isso.

Seu marido não compreendera a importância de sua decisão. Chamou-a de louca, sentiu-a louca, deixou-a. Não importava mais, foi melhor assim. Ele jamais entenderia o que se passava debaixo daquele teto. Era difícil explicar o amor, principalmente o amor que não morre mesmo depois do objeto desse amor já ter-se ido. Mas era assim que ela sentia, o objeto se fora, mas o amor que morava dentro dela, esse não havia como acabar. Agora viviam sós, o amor e ela. Podia senti-lo no ar, preso entre as paredes daquela casa escura. Era seu alento, sua âncora neste mundo.

A manhã se fora e, junto com ela, seu tempo de fresta. Dia após dia, a mesma rotina: olhar o rio pela fenda da porta durante toda a manhã e depois voltar suas atenções às reminiscências. Era seu dever mantê-las vivas. Os dias eram sempre iguais e corriam tranquilos, eternizando o estado inerte das coisas. Ela sabia que, enquanto pudesse manter a vida presa dentro de casa, estaria tudo bem. Essa clausura já contava um ano. Um ano sem janelas, um ano amparando-se no que restou de sua história, um ano!

Todavia, naquela noite, ela teve sonhos desordenados, ouviu chamados e lamentos ao longe. Trovoadas acordaram-na no meio da madrugada, e a chuva desabou, barulhenta e aflita, trazendo de volta as doloridas lembranças de uma outra noite, também chuvosa, como se a natureza estivesse reprisando um episódio antigo. Não conseguiu dormir.

Assim que os sons externos inauguraram um novo amanhecer, ela se levantou para mais um dia de sua jornada. Contudo, enquanto caminhava pela casa, percebeu que havia algo diferente. O barulho da chuva estava forte e próximo demais, e uma luz intensa invadia toda a casa. Deparou-se, boquiaberta, com a porta da sala escancarada. Estarreceu ao perceber que toda a vida que ela tentara segurar por tanto tempo estava agora se esvaindo pelo vão da porta. Não restou nada. Chovia a cântaros, e, agora, seus olhos choviam também. O primeiro choro desde a morte de seu filho. Desatou-se o nó da dor, e a ausência invadiu a casa inteira. Naquele momento, tornou-se impossível para ela morar ali, impossível viver ali, impossível viver.

A chuva começou a bater forte no assoalho, respingando novidades, deixando o passado escapar impunemente. Ela saiu pela porta da frente, sentindo a dor aumentar à medida que se afastava da casa. Caminhou desvairada através das pedras escorregadias até chegar ao seu destino, o rio. Caudaloso em função da chuva intensa, ele não murmurava, rugia ferozmente, feito um leão ratificando sua soberania. Nesse momento, o rugido do rio fazia uníssono com seu lamento, como se ele compreendesse a pungência da sua dor e a impossibilidade do seu retorno à casa. O rio de sua infância reconheceu-a, abriu seus braços acolhendo-a com o mesmo amor que um pai acolhe um filho há muito fora de casa. À medida que se deixava envolver pelas águas turvas e frias do rio, percebia sua dor se esvaindo, escorrendo liquefeita, confundindo-se com aquelas águas barrentas. Por fim, sentiu-se bem, sentiu-se em paz, como se houvessem aberto todas as janelas de sua alma.

Sabrina Gottschlisch

Bodas de aço

Eu disse, não disse, Ernesto? Eu estava cansada, esgotada, deprimida. Mas você não ouviu, nunca me ouvia. Nem quando éramos novinhos, recém-casados.

Pega os materiais de que precisa no carro, os joga no chão, caem fazendo barulho. Olha em volta, não há ninguém, não se preocupa.

Uma vida inteira me dedicando a você, às crianças, e agora que elas estão crescidas e encaminhadas, minha vida acabou? Não sirvo para mais nada? Mas que maçada, não, Ernesto?

Coloca as luvas, não quer sujar as mãos, nem criar calos.

Acha que eu não tinha sonhos? Pensa que meu objetivo de vida era ver você roncar todas as noites, enquanto diz que assiste o jornal, até o fim dos meus dias? Logo eu, que sempre odiei televisão.

Começa o trabalho pesado. É difícil, ela transpira, há muitos anos não faz nenhuma atividade física, bem que sua médica havia dito que ela tinha que se exercitar.

Está vendo, Ernesto? Capaz de eu ter um infarto bem agora, por sua causa, e você aí sem dizer nada. Seria engraçado. Se eu tivesse continuado a dançar, como antes de cometer a burrada de me casar com você, não estaria nesse estado.

Senta-se ao seu lado. Não precisa ter pressa. Pode descansar um pouco. Há tempo suficiente antes que o sol nasça. Após recuperar o fôlego, recomeça.

Agora que comecei, tenho que terminar. Com as crianças lido depois, ou nem lido, tanto faz.

Se aproxima dele, tenta medir seu tamanho apenas com os olhos. Compara com seu trabalho.

Você gostava de dizer que era alto, media mais de 1,80 cm. Pois eu duvido que passe de 1,75 cm raspando. Sempre querendo contar vantagem sobre tudo, não é mesmo?

Volta ao trabalho. Agora falta pouco para terminar. Pensa no que aconteceu, dá uma gargalhada alta. Quem poderia imaginar? Ela, com certeza, não. Mas é isso, está feito. Com o trabalho terminado, se dirige a Ernesto.

Vamos lá? Está tudo pronto.

Arrasta o corpo enrolado no tapete da sala, manchado pelo sangue que escorreu da garganta do marido, quando ela a cortou com a faca de cozinha. Ficou assistindo-o morrer, caído no chão, ao som da voz do âncora do telejornal.

Você bem que podia ter feito aquele regime que o cardiologista mandou, ter parado de tomar cerveja todo dia, mas ninguém nunca podia lhe dizer o que fazer. Agora sou eu que tenho que carregar todo seu peso.

Joga o corpo do marido no buraco que acabou de cavar. Cobre-o com a terra que retirou de lá.

Não é uma morada eterna muito digna, mas acho que combina perfeitamente com você. Adeus, Ernesto.

Entra no carro. Liga o rádio, Schubert ressoa dos alto-falantes. Pega a estrada no sentido oposto ao que a levaria de volta para casa.

O canto do pássaro

Sandra Lima

Acordo com ele cantando, alegre, comemorando a volta do Sol que sumiu faz tempo. Pulo da cama me sentindo na obrigação de começar o dia. O corpo mexe, numa dança desajeitada. Resolvo fazer um dueto: ele cantando de lá e eu de cá. Uma canção bem alegre para coreografar. Mas não combina. Tento outra vez. Não funciona. *É melhor calar e deixar a dança pra lá.*

Sentada na mesa da sala, com a caneca de café na mão, desisto de ligar a TV. Minha atenção se volta para o pássaro, cuja melodia se repete, sem variações, sem pausas. O ar entra e sai de mim no mesmo ritmo do canto. A alegria se transmuta em lamento.

Eu tomo emprestada um pouco daquela tristeza, ou toda ela. Também lastimo estar engaiolada, sozinha, buscando, em cada canto do meu canto, espaço para voar. Não nos deixam sair. Estamos os dois trancafiados em nossas gaiolas, à espera da porta abrir.

Chego na sacada, tento avistar o intérprete daquele canto. Só o ouço. Me impaciento. Miro o horizonte, não quero esperar. Eu fecho os olhos, abro os braços, me projeto e voo. O pássaro me acompanha. Meu corpo leve, sobe, sentindo cortar o ar devagar.

Sobrevoo a cidade vazia, sem pessoas, sem carros na rua, sem som. O pássaro ao meu lado voa sereno, alheio a tudo. O silêncio é preenchido apenas com o bater das nossas asas. Ele sobe, mais alto, tão alto, que tudo o mais se torna invisível. Agora, sou eu que o acompanho.

Meu voo começa a falhar, assim como a respiração. O corpo, antes projetado para frente e para o alto, se lança devagar em sentido contrário. *Estou caindo*, eu sussurro. Não consigo gritar. O pássaro continua subindo, sem olhar para trás. Me falta oxigênio.

Ei, pássaro, não vá. Volte pra gaiola. Eu te odeio.

Ele está me abandonando, quer voar sozinho, não quer voltar.

Minha cintura é enlaçada. Eu paro de cair. Me apoio no outro corpo que me abraça. Escuto o canto do pássaro, que também voltou.

Ontem foi seu penúltimo dia

Tais Cruz

Mas você não sabe. De todos os ontens que contei, todos foram sobrevivíveis até aqui. Durante a tempestade, acordei com um clarão que varou o meu quarto pela fresta da janela e, de súbito, me levantei. Fui ao banheiro sem a consciência de que ontem era meu penúltimo dia. O café foi até tarde e ninguém ia embora nunca. Olhava para uns e outros com a caneca à meia altura: meio no queixo, meio no peito, meio no ar, meio envolta nas mãos, com os cotovelos apoiados deslizantes sobre a mesa. Um bafo quente e pleonástico se assentava em nossos poros. Etérea, a cafeína reluzia e reinava na sala, a brisa fresca da noite já planava sobre as folhas das plantas. Tudo era como uma grande roda de dança: o movimento, o suor, os tons terrosos de nossas peles. Tudo era quente. Vez por outra, éramos tomados por um frescor emanado da lua cheia. Um alívio. Todos aproveitavam esse momento para levantar os cabelos, a fim de liberar a nuca que agora recebia uma lufada lunar. Mas ninguém ia embora nunca. O almoço acabou. A sobremesa também. O café da tarde se esticou, desviou do tempo e jazia agora sob a lua que adentrava a madrugada. Alguém ainda estava tomando cerveja. Era o calor que nos sorvia de modo a nos parar de nossa própria organização. Àquela altura, o disco, que já tinha rodado seu lado A, B e C, já nem tocava mais. Nós éramos a música. A brisa da lua, da rua, não dava conta do furor das histórias, das palavras encavaladas, do gesticular malabarístico de Nuli. Fico agarrada à imagem de uma gota de café que, lentamente, escorre na caneca de Dimitri. Toda hora Dimitri beija a caneca para tirar dela o café e deixa, na borda, a marca suja de um beijo bom. Acho que o tempo parou. Dimitri não sabe que, de onde bebe o café, há um rachado de uma vez que derrubei a caneca porque estava dançando e bati a bunda nela. Que susto. Consegui pegá-la no ar, mas não estava sã o suficiente para salvá-la: na caneca tinha vinho. E aquele já era o gole derradeiro, dado que a garrafa já tinha acabado. O defeito de Dimitri era ter um beicinho côncavo que não segurava a última gota de café dentro da boca. E o tempo parava toda vez. "Dimitri, será que você pode acoplar esse beicinho côncavo no meu peito?", pensei e senti minha boca salivar. Alguém levanta para ir ao banheiro, mas não sei quem é, porque o tempo parou. Só vejo Dimitri. "Me dá um beijo", eu penso, eu quero ser essa gotinha de café. Não. Nuli me chamou atenção. A história que ele contava, da qual eu fazia parte, era de uma das vezes que ele me pediu em casamento e eu aceitei, com a condição de que nos casássemos naquele dia. Não tinha mais otimismo e saco para tudo o que um casamento exige. Então, casamos. Agora me despeço de Dimitri e me volto para Nuli e, rapidamente, olho para a única foto de nós dois em cima da mesinha. Com força, empurro um choro funesto que subia pela garganta. Passou. Nuli e eu nos separamos: essa é a parte chata de ficar contando história de ex-casal. Nuli já está com o olhar atravessado, olhando através de mim como se eu fosse um horizonte. Vai dar água pras minhas plantas, Nuli, você está falando demais. Reponho o café de Jonas e percebo que a garrafa ainda está cheia, meu Deus! Jonas fica aqui comigo quietinho. Jonas é tão sereno e, de repente, me desligo de Dimitri porque quero Jonas agora. Ele levanta para pegar mais torradinhas que estamos comendo com patê de alho. Fiz uma "catança" no meu armário, antes de servir o café, e a única coisa que encontrei foram as torradas. Jonas, vem aqui, beija meu pescoço. Eu quero que todos vocês vão embora e que fique Dimitri na minha rede, Jonas na minha cama e Nuli na minha varanda fazendo companhia para as plantas. Minhas plantas dormem no luar para se banharem de sereno. Amanhã volto com elas para dentro e daí elas não se derretem no zênite do inferno. Jonas voltou e começa a falar. Coloquei minha caneca sobre a mesa, mais um refil de café eu poria, porque Jonas começou a falar. Aprumei meus braços, meu cabelo, meus óculos. Meu olhar se desviou de Dimitri. "Um momento só, Dimitri", pensei comigo, já volto a dissecar a curvinha dos seus beiços que, agora, pende convexa no ar. Nuli levantou da rede com alguma dificuldade, com alguma ressaca, descabelado como Guga, batendo com a palma da mão na cabeça a fim de aquietar aquele bololô de fios. Jonas, como uma criança, olhava assustado para nossa arrumação, "O que está acontecendo?" "Que movimento é esse?", vi nos seus olhos essas perguntas. O movimento da rua cessou. A lua, que estava cheia, voltou a ser um "cê" atrás de uma nuvem oblíqua. A brisa se intensificou.

– Vai chover – Dimitri disse baixinho, tão baixinho que só pude ler em seus lábios.

Pode ser que eu esteja um pouco obcecada pelos beiços de Dimitri. Jonas respirou fundo. Jonas vai falar.

Respeitável público, Jonas vai falar. Gente, eu trouxe um vinho, mas acho que já está tarde para abrir. Esqueci no carro, essa história que Nuli conta toda vez é tão frutificante que esqueci. Frutificante? A história é enfadonha (e triste): casamento, aborto, separação. Jonas, essa história ninguém aguenta mais, vi Dimitri bocejar e quase se afogar nessa caneca de café. Não é isso, gente. Jonas, com o mesmo olhar infantil, duas bolinhas pretas saltitando de um lado para outro, incoercíveis, procuravam um vácuo em que pudesse se explicar. Eu queria muito ir embora, faz tempo já que eu quero ir embora, mas eu me sinto vivo, embora melancólico, com essa história de vocês. É uma melancolia quente que me apraz. Não quero ir embora nunca.

– Quero virar uma planta aqui na sua casa – ele disse, olhando para mim.

"E eu quero você com a língua aqui no meu pescoço", pensei. O aborto tinha sido recente, mas Nuli e eu nunca conversamos sobre isso, eu simplesmente fui embora de casa e, desde então, me esforço para viver como se nada tivesse acontecido. E ele aceitou assim. E se...? Hoje é mais um dia em que eu acordo no meio da noite pensando no se. A minha vida virou um monte de se. Danço conforme todos os "ses" que nunca aconteceram e eu queria ir dormir. Jonas está melancólico demais,

Dimitri, como se estivesse acordando de um cochilo fugaz, e Nuli e eu nos olhando tristes. Ele me olhava com certa cobrança. "Precisamos conversar", eu li nos seus olhos, que se apertavam como que esperando uma resposta. Jonas, vamos deixar esse vinho pra outra hora. Nunca entendi por que Nuli contava essa história com tanta empolgação e calor. Seria desespero? Seria Nuli se alienando de si mesmo? Seria Nuli me convidando para conversar, martelando essa história para quebrar minha redoma? Eu pagaria um psicanalista para Nuli se eu não precisasse de um também. Bom, pelo menos eu sei que preciso. Será que ele sabe que precisa? Acho que não. Todos foram embora. A louça eu deixo para amanhã, a mesa eu deixo para amanhã e o banho também. Nuli não deu água para minhas plantas, amanhã eu dou. Fiz planos como se houvesse um amanhã. Essa certeza sanha, que eu não tinha, colocou tudo para o amanhã que nunca veio. Depois que eu me levantei no meio da noite com aquele relâmpago, eu morri. A louça ficou, o banho também, as plantas ficaram sem a água daquele dia e a nossa foto na mesinha era só mais uma prova de um caso inacabado. O sol a pino castigou uma a uma das minhas plantas, porque eu não pude tirá-las da varanda quando acordei. Eu não acordei porque estava morta. Morri e não soube, mas será que eu queria? Um dia eu já quis. Alguns dias, depois do aborto, eu já quis. Talvez a gênese desse desejo fosse o aborto. E eu e Nuli ficamos sem conversar. Sinto que fui injusta com ele ao ter morrido sem colocar, docemente, os pingos nos "is". Espero que ele procure um psicanalista porque agora estou onde meu bebê está. O nosso bebê. Farei companhia para ele porque é muito pequenininho, muito indefeso, precisa da mãe. Ontem foi meu penúltimo dia e o último foi tão curto...

Wilma César Bezerra

Se correr o bicho pega

Bicho! Era assim que ele me chamava. Bicho nojento, podre. Enterrado na lama, daí não vai sair nunca!

Todo dia:

– Bicho!

As palavras duras me atingiam. Sem retrucar, eu ouvia e me encolhia. Chorei. Aprendi a guardar o choro. Qualquer sinal de lágrima era gatilho para o tapa e o estupro, que acontecia em qualquer lugar da casa, em qualquer hora do dia. Quanto mais eu chorava, mais ele estocava seu pênis, dilacerando meu corpo e minha alma.

Aprendi a secar. Ouvia e calava.

No início, havia presentes, passeios, sorrisos. Um ano de completo conto de fadas. Uma vez ou outra, percebi seu olhar nublado, que se enchia de luz a qualquer dúvida que eu levantasse.

Voamos. Longe dos meus, sem proteção, virei espantalho em suas mãos. Voei. O primeiro tapa na primeira semana. O pedido de desculpas veio acompanhado de outros tapas. Chorei, pedi perdão e percebi, finalmente, que isso o excitava.

Sequei os olhos, a alma, o chão. Esperei sua chegada. Rompi com minhas ilusões. Vesti branco, flor no cabelo, posição de lótus, respiração dominada.

Ouvi a porta, passos pesados, arrepiantes, me contive. Ele me encarou, eu sorri.

Ele correu. O bicho era mais esperto, mais ágil e faminto.

O rugido abafou o gemido.

Yara Fers

Bran cura

de novo atada à maca. os adesivos eletrodos grudados nas têmporas, o cheiro acre na sala onde outros corpos queimam e suam a mesma loucura que eu.

querem derreter minha loucura. queimá-la de dentro da carne encefálica. será que ela queima?

querem irritá-la ainda mais. esta minha loucura.

a loucura habita salões brancos, tem cheiro de água sanitária, de transpirações. ela tem a textura dos tecidos brancos, dos lençóis brancos, das camisas de força, camisolas. a loucura tem a textura branca do esquecimento.

a loucura é branca.

é uma borracha branca me apagando. eu me agarro às lembranças de quem sou antes daqui. o cheiro que tive antes deste cheiro sempre branco.

o primeiro objeto da loucura tinha essa cor também. o vaso branco que atirei, louca, na parede da sala de jantar da minha casa.

es pa ti fa do

porcelana rica enraivecida, despedaçada de mim.

foi a conta certa da loucura para eles me trancarem.

pelo meu bem.

eles ligam o choque. um raio me percorre, dói o dentro dos ossos, das veias. sou o vaso estilhaçado. até que caio. submersa novamente.

toda vez que apago, não sei quanto tempo fico no nada. ressurjo em outro dia, outra roupa, outra sala. aqui não se sabe o tempo. ele não importa.

ressuscito meio tonta. a loucura é esse gosto de metal na língua, esse cheiro sempre branco.

não foi apenas o vaso quebrado.

foi a noite antes do vaso. a noite em que eu não quis que o marido entrasse em meu corpo, como ele sempre achava que tinha direito. eu fugi dos seus gestos, ele me chamou de louca.

como pode uma mulher, de tão louca, não se deitar com o marido?

pela manhã, quando ele ordenou o café, eu não via mais sentido no casamento recém-realizado, semanas antes.

relembrando agora, parece uma imensa loucura o vestido branco bordado perfeito, o véu, as flores, o bolo tão branco, confeitado em camadas de pura loucura de açúcar.

onde eu estava com a cabeça?

o sapatinho impecável branco, como uma porcelana fria, como um vaso e sua pele lisa, sua louca face, guardando a dor esmagada dos dedos. um sapatinho que aguardava ser estilhaçado.

depois, a loucura da casa. cada móvel colonial, com suas rendas sobre as mesinhas, suas cortinas leves, cada objeto pensado para uma longa vida branca.

o vaso de porcelana sobre o balcão, suas curvas, seu reflexo no espelho, olhando para mim e perguntando onde estaria minha perfeição de esposa, o café perfeito servido fervendo, preto em contraste com a xícara, o brilho, a fumaça espalhando o cheiro pela casa. tudo tão insano.

que o único gesto possível era espatifar a cena inteira na parede branca.

onde ela está com a cabeça?

uma moça tão rica, educada, fina como uma louça branca. casada com um bom moço, que apenas quer sua herança, o negócio da família, um café fumegando pela manhã, um sexo não consentido à noite para fazer-lhe uma criança. quem não quereria esse arranjo floral? só as loucas.

sou esta louca que gritou tanto após o vaso quebrado, porque a porcelana estilhaçada não era suficiente para quebrar toda aquela loucura. e gritou tanto e tanto e tanto.

esta louca agora está segura no hospital.

eu como o mingau de aveia quase branco de tão insípido e antisséptico quase todas as manhãs. eu sei que depois tomarei três comprimidos coloridos que me deixam bêbada, sonolenta e louca. e de novo estarei submersa.

entro sempre num sonho cheio de cores e, quando volto, não sei quanto tempo. não sei mais organizar a memória. somente acordo sentada em frente à televisão.

eu estava assistindo isso?

sinto o gosto do feijão que jantei entre os dentes não escovados. mas não me lembro de ter comido nada.

comi esta loucura em pratos e dentes brancos.

eu nunca sei que dia é hoje. a menos que seja sábado, pois sábado é dia de visita. e ele vem fingir que me ama loucamente e que estou aqui para meu próprio bem e que espera que logo, logo eu fique boa.

eu só queria ter um belo vaso de porcelana chinesa bem caro para atirar na cara branca dele. ver escorrer um risco fino vermelho, maculando os cacos e a face falsa.

mas eu nunca digo ou quebro nada. porque eu seria louca de dizer ou fazer algo. e isso de não dizer nada e não quebrar vasos é pior do que o eletrochoque.

sábado é sempre o dia mais louco.

©2023, Pri Primavera Editorial Ltda.

©2023, by Das Autoras

Equipe editorial: Lu Magalhães, Larissa Caldin e Manu Dourado
Organização: Primavera Editorial e Coletivo Escrevivientes
Juradas: Ana Lis Soares, Carla Guerson, Larissa Caldin, Jeovanna Vieira e Tayná Saez
Preparação: Fabricia Carpinelli
Revisão: Gabrielle Carvalho
Projeto gráfico e diagramação: Manu Dourado
Ilustração da capa: Adriana Conti Melo

Dados Internacionais de Catalogação na Publicação (CIP)
Angelica Ilacqua CRB-8/7057

Desobediências miúdas : a segunda antologia da Primavera editorial. -- São Paulo : Primavera Editorial, 2023.
156 p. (Coleção Antologia Primavera)

ISBN 978-85-5578-120-9

1. Poesia brasileira - Antologia I. Título

23-0059 CDD B869.1

Índices para catálogo sistemático:

1. Poesia brasileira

PRIMAVERA EDITORIAL

Av. Queiroz Filho, 1560 - Torre Gaivota Sl. 109
05319-000 – São Paulo – SP
Telefone: +55 (11) 3034-3925
+55 (11) 99197-3552
www.primaveraeditorial.com
contato@primaveraeditorial.com

Todos os direitos reservados e protegidos pela lei 9.610 de 19/02/1998.
Nenhuma parte desta obra poderá ser reproduzida ou transmitida por quaisquer meios, eletrônicos, mecânicos, fotográficos ou quaisquer outros, sem autorização prévia, por escrito, da editora.

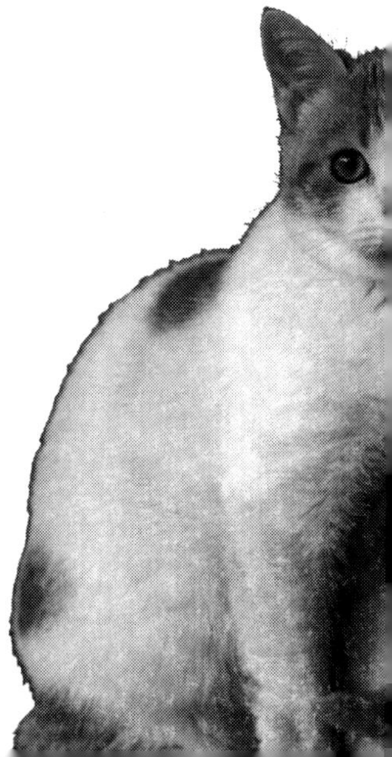